러브,
게임의 법칙

이 책에 담긴 글들은 글쓴이들의 허락을 받아 구성한 것입니다.
연락이 불가능한 글들에 대해서는 임의로 가명을 사용했습니다.
사연을 보내주신 분들의 이름은 책의 마지막 페이지에 있습니다.

러브,
게임의 법칙

초판 1쇄 발행 2010년 11월 29일  초판 6쇄 발행 2014년 3월 17일

엮은이 이지민  펴낸이 연준혁

출판 1분사 분사장 최혜진  디자인 차기윤
제작 이재승

펴낸곳 (주)위즈덤하우스  출판등록 2000년 5월 23일 제13-1071호
주소 (410-380) 경기도 고양시 일산동구 정발산로 43-20 센트럴프라자 6층
전화 031)936-4000  팩스 031)903-3891
전자우편 yedam1@wisdomhouse.co.kr  홈페이지 www.yedamco.co.kr
출력 엔터  종이 월드페이퍼  인쇄·제본 (주)현문

값 12,000원  ©이지민, 2010  ISBN 978-89-5913-605-6  03810

국립중앙도서관 출판시도서목록(CIP)

러브, 게임의 법칙 / 이지민 엮음. — 고양: 위즈덤하우스, 2010
  p.;  cm

표제관련정보: 사랑을 믿고, 사랑을 기다리고, 사랑을 기억하는...
당신을 위한 이야기
ISBN 978-89-5913-605-6 03810 : ₩12000

사랑 이야기

818-KDC5
895.785-DDC21                        CIP2010004187

사랑을 믿고, 사랑을 기다리고,
사랑을 기억하는 . . . 당신을 위한 이야기

# 러브,
# 게임의 법칙

이지민 엮음

Contents

# 때로는 깨닫는 것도 있고,  05. 다섯 번째 이야기

# 더 많이 사랑하게 되는...  06. 여섯 번째 이야기

## 그래서 참 고마운 사랑... #07.일곱번째 이야기

프롤로그

그날도 어김없이 〈러브, 게임의 법칙〉이 방송된 뒤,
우연히 라디오를 듣고 있던 후배로부터 이런 문자를 받았습니다.
"언니, 나 어제 남친이랑 싸웠는데... 방송 들으니까
옆에 있을 때 잘 해야겠다 싶네?ㅋㅋ 고마워~"
이 시간을 통해 현재의 사랑을 돌아보고, 지난 사랑을 반성할 수 있다니...
주변에서 이런 반응을 보여줄 때마다, 제가 더 고마움을 느끼게 됩니다.

매일 저녁 6시 30분, 이 시간을 함께 하기 위해
차에 시동을 빨리 건다는 분들도 있고,
끝까지 다 듣고 나가려고 퇴근을 조금 늦게 한다는 분들도 있습니다.
"나도 한때 저랬었지..." "어, 나쁜 놈! 진짜 여자가 불쌍하다"
...마치 자신의 일처럼 공감해주시는 많은 분들이 있기에
이렇게 책으로도 나올 수 있었습니다.

라디오 앞에 귀를 기울이며, 이 시간을 기다리는 청취자들처럼
〈러브, 게임의 법칙〉 게시판에 올라온
사연을 읽는 것은 저의 즐거운 일상이 되었습니다.
수많은 이들의 사랑 이야기를 엿보면서
저도 모르게 울컥한 적도, 피식- 웃어버린 적도,
제 마음을 들켜버린 것 같아 숨어버리고 싶은 적도 있습니다.

그리고 글을 다듬어 쓰는 과정을 통해, 사연에 등장했던 남자와 여자의 마음을
조금 더 이해할 수 있었습니다. 비겁했지만, 그럴 수도 있었겠구나...
한때 사랑했지만, 모질어질 수도 있구나...
사랑하면 이렇게 무모해질 수 있구나... 하면서요.

한 번도 방송을 통해, 이 시간을 함께 한 적이 없으셨더라도
새로이 이 책을 읽으실 여러분들의 마음에도
그런 울림이 있기를 바랍니다.

모두 다 소중한 사연이지만, 그 중에서 몇 편을 골라봅니다.
그리고 〈러브, 게임의 법칙〉 후에 이어지는
선곡을 좋아하시는 분들을 위해
함께 소개했던 플레이 리스트 몇 곡을 곁들여보았습니다.
글로 읽는 것이기 때문에 라디오에서처럼,
러브게임 DJ인 소현 언니의 맛있는 연기가 없어 아쉽고,
이어지는 음악이 들리지 않아 또 아쉽지만,
그만큼 더 많은 정성으로 다듬어 엮어냈습니다.

이미 끝나버린 사랑을 그리워하며, 현재 진행중인 사랑에 설레어하며,
한때 사랑했던 이를 원망하며...
저마다 글을 썼던 상황은 이렇듯 다르지만
한 줄 한 줄, 귀한 사랑의 기억을 나눠주신
우리 러브게임 청취자들에게 감사의 마음을 전합니다.
〈러브, 게임의 법칙〉 코너의 아빠, 엄마 같은 허금욱PD, 연아 언니,
그리고 이윤경PD, 정주 언니, 손승욱PD,
은혜 언니&러브게임의 안주인 소현 언니께도 감사드립니다.

2010년 늦가을
이지민

009

처음엔
설레고,

#이.첫번째 이야기

# 그 사람과 다시 만날 확률

작년 여름, 11시까지 야근을 하고 녹초가 되어 집으로 돌아가는 길...
너무 힘이 들어 큰맘 먹고 택시를 탔죠.
그런데 아직 약정도 안 끝난, 제 금쪽같은 휴대폰을 그만
택시에 두고 내린 겁니다.
"아~ 몰라~~ 배터리도 얼마 없을 텐데... 아, 어떡하지~!"
역시나 배터리가 얼마 남지 않은 제 휴대폰에다 몇 번 전화를 걸었더니,
금세 꺼져버렸고, 그대로 다음 날 아침이 되었죠.
못 찾겠구나, 싶었지만 그래도 마지막 희망을 걸고 출근길에 보이는
공중 전화기로 다시 한 번 걸어봤습니다.
그런데...! "여보세요" 하고 누군가 제 전화를 받는 겁니다!

"아! 감사합니다, 감사합니다.
저기... 제가 그 전화 주인인데요, 아! 정말 감사해요!"
통화를 해보니, 제 전화를 주운 그 남자는 전화기가 꺼져서
일부러 충전한 뒤 다시 켰다고 하더라구요.

저는 분당, 그는 성남에 살았는데, 그 남잔 어차피 근처라며
퇴근길에 직접 가져다주겠고 했죠.
기쁜 맘으로 역 앞 카페에서 만나자는 대략적인 약속만 잡고,
정확한 시간은 다시 정하기로 했습니다.
"저, 근데요... 만나기 전까지, 제 전화로 걸려오는 전화는
받지 말아주셨으면 해요. 남자분이 받으면
오해의 여지가 있으니까... 아, 네, 감사합니다."
대신 제가 그분의 번호를 받아 적어,
퇴근 무렵 먼저 전화를 하기로 했습니다.

그런데 바보 같은 제가, 이번엔 그의 전화번호를 적은 메모지를
잃어버린 겁니다. 분명 회사 책상 위에 놔뒀는데, 어디로 날아간 건지...
누가 모르고 버린 건지, 어쨌든 다시 찾을 수가 없었죠.
"멍충이... 멍충이! 뭐야... 나 왜 이러니. 어떻게 해... 번호가... 뭐더라?"
전화번호를 아무리 기억해내려 해도, 제 머릿속은 이미 하얀 백지였죠.
그의 휴대폰으로 전화를 걸어보았지만
그 사람은 저랑 약속한 대로 받지 않더라구요.
마음은 급했지만 하필 일도 너무 바빠서, 또 그대로 이틀을 보냈습니다.

그리고 3일째 되던 날, 지푸라기라도 잡는 심정으로
퇴근 후 그와의 약속 장소에 무작정 가 있었습니다.
카페에 앉아 30분쯤 책도 읽고, 멍하니 허공도 보고,
그러고 있는데... 어떤 남자가 다가와 제 앞에 앉는 겁니다.
"저... 핸드폰 잃어버린 분이시죠? 근데 약속은 이틀 전 아니었나요?"
"네? 뭐 그렇죠... 어? 근데 어떻게 전 줄 아세요?
제 전화기는 비밀번호가 걸려 있어서 사진첩이나 전화번호부,
아무것도 볼 수 없었을 텐데..."
"아, 그게요. 실은 그날 여기 역 앞에서 택시 내리실 때,
바로 뒤이어 탔던 사람이 접니다.

당연히... 기억 안 나시겠지만요, 하하."

그렇습니다. 저는 전혀 기억을 못했지만,
그 사람은 제가 내린 택시를 바로 잡아탄 사람이었던 겁니다.
"전화가 안 와서 그저께, 어제까지 계속 여기 와서 기다렸어요.
한 시간 정도뿐이긴 했지만, 오늘 드디어 만났네요."

세상에, 이렇게 착한 사람이 또 있을까요?
전 감사의 의미로 그에게 저녁을 샀고, 이런저런 대화를 나누면서
원래 천성이 참 곧은 사람이구나, 싶었습니다.
게다가 저보다 다섯 살 많은 그는, 알고 보니 제 중학교 선배!
무서운 학생주임 선생님에 대한 공통 화제로 시작해,
정말 많은 얘길 나눴고, 그 후 일주일간 무려 다섯 번이나 만났답니다.
그리고 좀 친해지고 난 뒤, 그 사람이 털어놓은 얘기가 있죠.

"사실 택시에서 니가 내리고, 이 핸드폰을 봤을 때부터
주인이 너였으면 좋겠다고 생각했어.
그 기대 하나로 미친 척하고, 딱 3일만 투자해보자 싶었지.
너, 나한테 고마운 줄 알아라!"

 러브, ♥ 게임의 법칙

막연한 기대감, 그 작은 것도 놓치지 않는 부지런함과 열정이 인연을 만들어줍니다.
누군가에 대한 작은 기대나 느낌들을 그냥 스쳐버리지 마세요. 그 소박한 불씨가, 커
다란 사랑으로 옮겨 붙을 수 있으니까요.
BGM 너라면 좋겠어 - 윤도현

# 혹시 인연일까?

4년 전 친구의 결혼식 날, 저는 남은 친구들과 함께 뒤풀이를 즐겼습니다.
친한 친구가 먼저 결혼을 해서였는지, 아니면 외로워서였는지
정말 술이 술술 잘 들어가더라구요.
그러다 보니 이미 집에 들어가기엔 너무 늦은 시간이 되어,
근처에 사는 친언니에게 전화를 걸었습니다.

그런데 저는 가까운 사람들에게 전화를 할 때면,
끝 번호 네 자리만 검색하는 게 아니라 번호를 통째로 외워서
처음부터 끝까지 다 누르는 버릇이 있었답니다.
그래서 언니한테도 그렇게 전화를 걸었는데,
번번이 연결이 되지 않더라구요.
"이상하네... 이 번호 맞는데... 언니가 번호를 바꾼 거야 뭐야, 에잇!"
술기운에도 불구하고, 끈질기게 시도한 끝에 겨우 겨우 통화가 돼서
무사히 언니네 집으로 자러 갈 수가 있었습니다.

그런데 다음 날 출근길에 통화 목록을 보니,
언니한테 전화했던 흔적과 함께, 낯선 번호와 통화한 기록이 있는 겁니다.
'아... 나 누구랑 전화한 거니? 과음했더니 기억도 안 나고, 속만 쓰리네...'
그 순간은 너무 궁금했지만 술병 난 속 달래랴, 출근해서 일하랴,
정신이 없다 보니 그날 일은 까맣게 잊어버렸습니다.

그리고 며칠 뒤, 추석 연휴에 낯선 번호의 문자가 와 있었습니다.
'즐거운 추석 보내시고, 건강하세요!'
누군가, 하고 자세히 봤는데 저장은 안 되어 있었지만
가만 보니 저희 언니 번호랑 너무 비슷한 겁니다.
그렇습니다!
친구 결혼식 날, 제가 언니한테 전화를 한다는 게 그만 번호를 잘못 눌러
전혀 모르는 사람한테 전화를 걸어버린 겁니다.
그리고 추석날 문자를 보내온 남자가, 바로 그 번호의 주인이었던 거지요.

어쨌든 저는 명절 인사를 보내온 그 남자에게
문자를 잘못 보낸 것 같다며 친절하게 답문을 해줬습니다.
"하하, 우린 통화까지 한 사인데요, 기억 안 나시나 보네요."
그 일을 계기로 우린 연락을 주고받게 되었고, 그날의 얘기도 들을 수 있었죠.
그때 그 사람은 야근을 하다가 잠시 자리를 비웠는데,
자리에 돌아와 보니 제가 남긴 부재중 전화가 있었고
그래서 저한테 전화를 했다는 겁니다.
"여~보세요?"
"부재중 전화 보고 전화 드렸습니다."
"제가요? 저는 전화 안 했는데요?"
"죄송합니다만, 성함이 어떻게 되시죠?"
"그걸 제가 왜 말해야 되죠? 그럼 전화하신 분 성함은 어떻게 되시는데요??"

이렇게 어이없는 통화를 했는데,

그는 같은 또래인 듯한 저의 취한 목소리가 너무나 귀엽게 들렸다는 겁니다.
왠지 인연이 아닐까 싶은 마음에, 추석날 문자를 보낸 거고요.
그리고 저 역시, 한 번도 만난 적 없는 그에 대한 느낌이 정말 좋았습니다.
우리는 미니홈피를 통해 인상착의와 나이, 취미 등을 조사하다시피 하며
서로를 조금 더 알게 되었죠.
잘은 모르지만, 꼭 한 번은 직접 만나보고 싶은 사람이었습니다.

그렇게 연락하며 20여 일을 보낸 뒤, 우린 만나기로 했죠.
"위험한 사람이면 어쩌냐?"
"무서운 세상이야."
"선수야. 잘 모르는 남자는 절대 만나지 마."
주변에선 이렇게 뜯어말렸지만, 저는 제 느낌을 믿고
약속 장소에 나갔습니다.
물론 약간 걱정이 되어, 회사 동생을 데리고 나가긴 했죠.
역시나, 수많은 걱정과 우려와는 달리 우리는 너무나 즐거운 만남을 가졌고
그 후로 몇 번 더 만난 뒤, 그와 저는 사랑하는 사이가 되었습니다.

잘못 건 전화 한 통으로, 세상에 존재하는지조차 몰랐던 그 남자를...
평생의 동반자로 맞이하게 된 거죠.
그 당시 저는 선도 몇 번 보고, 소개팅도 했었지만
제 인연이라는 생각이 드는 사람은 나타나지 않았습니다.
그런데 한 번도 만난 적 없는 그 사람이, 제 마음을 움직인 거죠.
제가 그 사람을 그냥 스쳐 가는 우연이라 생각했다면
지금의 사랑하는 신랑을 만날 수 있었을까요?

 러브, ♥ 게임의 법칙

누군가에게 끌린다면, 당신의 느낌을 믿고 따라가보세요. 그렇게 마음을 움직이는 사
람을 만나게 되는 행운이 자주 찾아오진 않는답니다.

# 우연, 필연, 인연

1년 전쯤, 왼쪽 무릎이 아파서 병원에 갔더니,
의사 선생님은 무릎 연골이 파열됐다며, 수술을 해야 한다고 하셨습니다.
사실 겨울에 스키를 타다가 무릎을 다친 적이 있는데
처음엔 괜찮다가 날이 갈수록 아파오기에, 참다 못해 병원에 갔던 겁니다.
수술이라니, 너무 무서웠지만 빨리 하는 게 낫겠다 싶어서
바로 며칠 뒤 수술대에 올랐습니다.

마취가 끝나고 수술복을 입은 남자 선생님이 들어오셨죠.
"환자분, 어느 쪽 다리가 아프시죠?
마취됐으니까 조금 있으면 감각이 없을 겁니다."
그렇게 친절하게 말해주더니, 제 한쪽 다리를 들고 약을 다리 전체에
쭉 바르면서 이런저런 설명을 해주었습니다.
마스크와 모자에 가려져 눈만 빼꼼히 보였지만,
그 선한 눈빛이며! 어찌나 설명을 잘 해주는지!
수술할 때도 정말 안심이 되었습니다.

그리고 며칠 입원해 있는 동안에도
그 남자가 드레싱을 해주러 들어오곤 했죠.

저는 내심 이 남자에게 호기심이 생겼습니다.
'어? 마스크를 벗으니 더 잘생겼네. 결혼은 했을까? 의사인가?'
이런저런 궁금증은 점점 늘어났지만,
3일 입원한 환자 입장에서 뭘 할 수 있겠어요.
결국 그가 '남자 간호사'라는 것 외엔, 아무 정보도 얻어내지 못하고 퇴원했죠.
'아! 아쉽다~ 그 남자 이름도 모르고, 뭐 어쩔 수 없지...!'
그 뒤로도 가끔 소독을 하러 병원을 찾았지만
그와 다시 마주칠 일은 없었습니다.

그러던 어느 날, 집에서 설거지를 하다가
실수로 부엌칼을 제 발등에 떨어뜨리는 사고를 냈습니다.
이번에도 왼쪽 다리!
하지만 발등을 베는 정도로만 다쳐 다행이다 싶었죠.
심각한 것 같지 않길래 집에서 혼자 치료하고
다음 날, 지난 무릎 수술 실밥도 뽑을 겸 느긋하게 병원에 갔더니
의사 선생님이 깜짝 놀라시는 겁니다.
"어? 힘줄이 끊어졌네요... 이거 응급 수술입니다... 당장 수술해야겠어요.
시간이 지나서 힘줄이 어디까지 올라갔는지 모르겠네요...
빨리 수술하지 않으면 엄지발가락을 움직이지 못할 수도 있어요!"
너무 놀란 저는 의사 선생님 말씀에 따라 바로 입원해,
다음 날 또 수술대에 올랐습니다. 그런데 이런 상황에서도 전 자꾸...
'오늘도 그 남자가 들어올까? 안 올까?' 너무 궁금한 겁니다.
하지만 그는 오지 않았습니다.

어쨌든 무사히 수술을 마쳤습니다.
그런데 그다음 날, 드디어! 엘리베이터에서 그를 만난 겁니다.

"어? 또 입원하셨네요? 어디 또 다치신 거예요?"
그렇게 며칠 입원해 있는 동안,
제가 그에게 관심 있는 걸 눈치 챈 제 친구가 대신 번호를 물어봐줬고,
우린 종종 문자를 주고받았습니다.
그렇게 서로 조금씩 마음을 열기 시작해,
제가 퇴원한 뒤 본격적으로 만나기 시작했죠.

"사실 희정 씨 처음 봤을 때부터 관심 있었는데, 금방 퇴원해서
너무 아쉬웠어요. 근데 다시 병원에 입원해서 얼마나 기뻤는지 몰라요.
그러면 안 되지만 차트 보고 집이 어딘지 보고는,
혹시 지하철역에서 마주칠까 싶어서
희정 씨 집 근처 수내 역에 있는 영어학원에 등록했는데
내가 관심 있는 거 전혀 눈치 못 챘었죠? 하하."

그렇게 서로의 마음을 확인한 뒤로는 거의 매일 데이트를 했고,
이후 두 달 만에 결혼하기로 맘을 먹었죠.
양가 부모님이나 주변 사람들 모두 너무 급한 거 아니냐며
당황스러워하셨지만, 그래도 우린 꿋꿋하게 밀어붙였고
결국 초고속 결혼식을 올렸답니다.
따져보니, 처음 만나서 결혼까지 겨우 4개월 걸린 거 있죠?

 러브 ♥ 게임의 법칙

이 사람이, 내 평생 짝이구나! 싶다면, 망설이지 말고 일단 그 느낌을 믿어보세요. 만
난 지 두 달 만에 결혼하는 게 위험한 선택인지 아닌지는, 오직 당신만 알 수 있습니
다. 사랑을 하는 데 있어서 그 답을 아는 건 오직, 나 자신뿐이니까요.

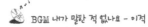 BGM 내가 말한 적 없나요 - 이적

# 짜릿한 첫 느낌

2008년 11월의 어느 날이었습니다.
'아... 올해도 이렇게 가는구나. 달력이 한 장밖에 안 남았네...
휴... 남들 다 하는 연애도 못해보고, 벌써 서른 살이나 먹은 거냐, 에휴...'

저는 대학 시절에도 변변한 연애 한 번 못해본 채 졸업하고
6년 넘는 직장생활에서도 가슴 설레는 일 없이
집과 직장만 오가면서 살았습니다.
누가 적극적으로 다가오는 것도 부담스럽고
그렇다고 내가 먼저 고백할 자신도 없고, 그저 막연하게
'설마 서른 살엔 결혼을 하겠지' 하며, 허무하게 보낸 세월이었죠.

그날도 한숨을 푹푹 쉬다가,
맥주 한잔하자는 친구들의 성화에 못 이기는 척 나가기로 했습니다.
"서른한 살 되기 전에 모여서 술이나 마시자! 나와!"

슬슬 어두워지는 저녁 시간,
친구들을 만나러 가는 거리에는 어찌나 커플들이 많던지
꼭 붙어 있는 그들을 보자, 부러움에 왠지 모를 짜증이 몰려왔습니다.
그렇게 짜증스러운 마음으로 술집 계단을 오르는데,
위에서 급히 내려오던 한 남자와 어깨를 심하게 부딪쳤습니다.
저도 모르게 얼굴을 확 찡그리며 남자 얼굴을 쳐다봤는데
죄송하다고 말하면서, 그냥 후다닥 내려가더군요.
"뭐야? 사과하려면 제대로 해야 될 거 아냐! 가뜩이나 기분도 안 좋은데..."
그렇게 짜증을 내며 들어갔더니 어찌나 술맛이 달게 느껴지던지~
한 잔, 두 잔, 세 잔... 참 많이도 마셨습니다.

처음에는 결혼해서 힘들게 사는 친구들 얘기를 하며
그래도 솔로인 게 낫다며 위안 삼았는데,
술이 많이 들어가니 점점 서글퍼지는 겁니다.
"아~ 나 주책 맞게 왜 이러니... 흑흑.
난 이 나이 먹도록 뭐 하고 산 거야. 아~ 외롭다, 얘들아~"
처음엔 애써 눈물을 참았지만, 나중에는 감정이 격해져
창피한 줄도 모르고 펑펑 울고 말았죠.

그러다 화장실에 다녀왔는데, 제 자리에 웬 손수건이 놓여 있더라구요.
"야~ 이 호프집은 서비스가 좋네~ 냅킨이 아닌 손수건을 주고.
하하, 잘됐다, 더웠는데... 이거 좀 써야지."
저는 아무 생각 없이 그 손수건으로 얼굴을 닦고,
얼음을 싸서 통통 부은 눈 위에 올려놓기까지 했습니다.
그러곤 한참을 더 술을 마시고 집으로 돌아갔죠.

다음 날, 친구랑 통화하다가 그 손수건 얘기를 했습니다.
"그거 호프집에서 준거 아닌데? 나도 술이 취해서 깜빡했는데,
웬 남자가 네 자리에 손수건 두고 가던데? 아는 사람 아니었어?"

전화를 끊고 한참 생각해봤지만
도무지 그럴 만한 사람이 떠오르질 않아, 그냥 잊어버렸습니다.

그리고 한 2주쯤 뒤 제 생일이 돌아와
친구와 그 호프집에서 술을 마시고 있는데
옆 테이블의 남자가 다가와선 놀라운 얘길 건넸습니다.
"저... 손수건 말입니다, 저번에 여기서 우실 때 드린 손수건이요..."
그 남자는 바로! 그날 계단에서 부딪혔던 사람이었습니다.

알고 보니, 그 사람도 친구와 술을 마시다가
갑자기 회사에 급한 일이 생겨 서둘러 가느라 저랑 부딪혔던 거고,
일을 끝내고 한 시간쯤 후에 다시 와서 보니, 제가 엉엉 울고 있더랍니다.
"손수건을 핑계로 다시 만날 수 있을 것 같아서... 무작정...
거의 매일 이 자리에서 기다렸습니다. 드디어 이렇게 다시 만나게 되네요."

그렇게 우린 함께 술을 마시며, 우연한 인연에 대해 많은 얘길 나눴습니다.
그 후 만나면 만날수록, 그는 딱 제 짝인 것만 같았고
다음 해 가을 햇살을 받으며 우리는 하나가 되었습니다.
그냥 스쳐 갈 뻔한 인연이었는데도, 용기 내어 손을 내밀어준
그 사람 덕분에 지금 우리가 함께할 수 있는 거겠죠?

 러브, 게임의 법칙

사소한 우연이라도, 쉽게 지나치지 않는 것! 인연을 만드는 비결입니다. 전철역에서
나와 어깨를 부딪치고 돌아섰던 그 여자, 학교 자판기 앞에서 내게 동전을 빌려준 그
남자, 버스에서 내 옆에 앉아 졸고 있는 그 사람이... 어쩌면 당신의 인연일지 모릅니다.

## 무뚝뚝한 매력에 취해버렸어

모 대학 병원의 응급실, 저는 병원에 실습을 나간 의대생이었습니다.
임상 실습을 시작한 지 한 달도 채 안 되었을 때라 정말 정신없이 바빴죠.
그러던 어느 날, 동맥혈 채혈을 위해 열심히 준비하고 있는데
병원에서 무섭기로 소문난 레지던트 선생님이 제 옆에 다가와서는...
"너 지금 뭐하는데?"
"네...네? 헤파린 코팅하는데요?"
"야~! 눈 떠라! 너 지금 뭐하노?"
정신을 차려보니, 밤샘 근무 때문에 졸음에 취해 있던 제가 그만
주사기에다 헤파린 대신 다른 걸 코팅하고 있었던 겁니다.
큰 실수를 할 뻔했는데, 그 선생님 덕분에 잘 넘길 수 있었죠.
그는 레지던트 1년차... 전형적인 부산 남자인 데다
딱딱한 표정과 말투가 트레이드 마크였습니다.
무뚝뚝한 말투 덕분에 환자들이 저승사자라는 별명까지 붙여주었죠.
바로 그런 사람 앞에서 실수를 했으니, 너무 무서웠던 저는
그 후론 최대한 그와 눈을 마주치지 않으려고 노력했습니다.

그렇게 3주에 걸친 응급실 근무가 끝난 어느 날,
다른 과 실습을 마치고 돌아가는 길이었는데 그로부터 전화가 온 겁니다.
"지금 어디? 끝났으면 맥주 한잔하죠? 난 오늘 저녁에 오프인데…"
너무 피곤했지만, 하늘 같은 레지던트 선생님의 말씀을 거역할 순 없었죠.
병원에 돌아왔을 때, 이미 시간은 자정을 향해 가고 있었는데
그때 마침 그로부터 온 문자- "병원 앞입니다. 나오세요."

당연히 다른 선생님들과 함께하는 술자리에 부르는 줄 알고 나갔건만,
그는 다짜고짜 저를 택시에 태우고는 이러는 겁니다.
"기사 아저씨, 송도로 가주세요! 바다 보면서 가볍게 맥주나 한잔하죠?"
둘이 마주앉아 맥주 한잔씩 시켜놓고 수다를 떨다보니, 어느새 새벽 4시.
호랑이 같은 줄만 알았던 선생님의 말문이 터지니 그 입은 쉴 줄을 몰랐습니다.
저는 내려오는 눈꺼풀을 겨우 올려 잡고 애기를 듣느라 곤욕을 치뤘죠.
알고 보니 그 사람, 저를 좋아하고 있었던 겁니다.

바로 다음 날부터 하루에 수십 통이 넘는 전화가 걸려오기 시작했고
저 역시 날이 가면 갈수록 그의 무뚝뚝한 매력에 빠지게 되었죠.
사실 전화를 자주 해도 그가 하는 말은 몇 마디 없었지만요.
"어딘데? 밥 묵나? 볼까?"
늘 그렇게 무뚝뚝하고 표현도 잘 못하는 남자지만
제가 도움을 필요로 할 때는 늘 짠~ 하고 나타나주는 든든한 사람!
그와 전 연애 8개월 만에 결혼을 결심했답니다.

 러브, 게임의 법칙

표현이 서툰 사람이라고 그 사랑까지 서툰 것은 아니랍니다. 달달한 사랑의 말보다
더 울림이 큰 것은, 깊은 마음에서 우러나오는 우직한 사랑과 행동이거든요.

 BGM You Give Me Something - James Morrison

# 나, 배우 해도 되겠지?

대학교 1학년 MT에서 그를 처음 만났습니다.
동기, 선배들이 어울려 함께 떠나는 첫 MT는
그야말로 즐거움과 설렘 자체였죠.
게다가 그때 한 선배에게 첫눈에 반해버리기까지 했으니
어떻게 그날을 잊을 수가 있겠어요.

착하게 생긴 얼굴, 조용조용한 성격
게다가 후배들에게 일일이 신경 쓰는 그 깊은 마음 씀씀이까지
이 남잔, 정말 딱 제 스타일이었습니다!
"야야~ 저 선배, 완전 멋있지 않냐? 난 왜 저런 사람이 있는 걸 몰랐지?"
그날부터 저는 친구들을 붙잡고 내내,
그 선배가 너무 좋다, 멋있다, 이러면서 호들갑을 떨었습니다.
하지만 막상 그 사람과 가까워지는 일은 쉽지 않았죠.
선후배 사이인데, 왜 그렇게 어울릴 일이 없던지!

어떤 날은 큰 결심을 하고, 밥 한 번 같이 먹자고 말을 걸어봤지만
그는 저한테 관심도 없어 보였습니다.
그렇게 계속되는 짝사랑에 힘들어하며 밤마다 울기도 참 많이 울었죠.

그런데 어느 날, 제 친구가 뭔가를 쓱 건네주는 겁니다.
"자! 이거 선배가 과사무실에다 적어 냈던 건데, 엄청 힘들게 빼 왔어!
너, 은혜 제대로 갚아라. 그리고 이번엔 제발 잘 좀 해봐!"
친구가 준 종이에는 학기 초에 선배가 과사무실에 제출한 인적 사항과
취미, 감명 깊게 본 영화, 이상형 등이 적혀 있었습니다.
사소하지만, 저에겐 정말 금쪽같은 정보들이었죠.

'그래! 이대로 포기할 순 없어! 하는 데까지 해보자!'

그때부터 저는 그 정보들을 달달 외우기 시작했고
선배가 좋아하는 영화부터 좋아하는 운동 경기까지,
눈 감고도 읊을 수 있을 정도의 경지에 올랐습니다!
얼마 후 과 모임이 있어 선배와 함께 술자리를 하게 되었는데,
제 마음을 아는 친구들과 선배들이
그 사람과 저를, 같은 테이블에 앉게 해주더군요.

혹여 선배가 부담스러워할까봐, 그쪽을 쳐다보진 않았지만
선배가 잘 들을 수 있는 위치에서
미리 제 친구와 연습한 '불꽃같은 연기'를 시작했습니다.
"너 어제 축구 봤어? 박지성이 상대팀 공격 포인트 끊고 볼 넘길 때,
나 완전 쓰러졌잖아!"
"아, 맞다! 너 축구 진짜 좋아하지?"
이런 식으로 친구와 주거니 받거니 연기하는 동안
틈틈이 선배의 눈치를 살폈습니다.
그는 슬슬 우리 대화에 신경을 쓰는 눈치였죠.

기세를 몰아 선배가 좋아하는 영화를 주제 삼아
마치 제가 정말 좋아하는 것인 양 흥분해서 얘기했습니다.

그날 이후에도 선배랑 함께 있을 기회만 생기면
이런 눈물겨운 노력을 펼쳤고,
드디어 어느 날, 그가 저에게 이렇게 말했습니다!
"몰랐는데 말이야... 의외로 너랑 나, 비슷한 점이 많은 것 같다."
나도 모르게 입이 귀까지 찢어져, 활짝 웃고 있는 게 느껴졌죠.
그동안의 고생을 보상 받은 듯, 기쁜 순간이었습니다!
그렇게 조금씩 친해진 우리는
머지않아 정식으로 사귀게 되었고,
수년이 지난 지금은 한 지붕 아래 살고 있네요.

물론 도둑이 제 발 저린다는 말처럼,
사귄 지 얼마 되지 않아, 제가 먼저 그 사람에게 모든 걸 고백했죠.

"너 그게 진짜야? 그랬구나... 짜식...
날 위해 그렇게까지 해줘서 고맙다. 사랑해."

러브, 게임의 법칙

사랑을 얻기 위해선 조금 유치해져도 괜찮습니다. 사랑하는 사람에게 잘 보이기 위해,
하게 되는 당신의 그 불꽃 연기는, 분명 그를 향한 당신의 불꽃같은 사랑으로 빚어진
것일 테니까요.

# 이 사람이다!

6년 전, 봄 햇살이 좋았던 그날, 회사 야유회에 참석했습니다.
부서끼리 팀을 나눠 각종 게임을 했는데
오후 무렵에는 여자들도 껴서 팀 대항 축구를 하던 중이었죠.
어느 순간 공이 하늘로 부웅 떴고
우리 팀이 지고 있는 상황이라, 저는 정말 전속력으로 달려갔습니다.
그런데 상대편 누군가도 공을 보고 쫓아오다가 그만
저와 심하게 충돌해, 제 몸은 쿵 소리와 함께
땅바닥으로 곤두박질치고 만 겁니다.

곧바로 엉덩이부터 허리 쪽으로 극심한 통증이 몰려오기 시작했습니다.
저와 부딪힌 사람은 옆 부서의 남자 후배였는데,
그는 다친 데가 없는 듯, 벌떡 일어나서 저를 일으켜주려 했죠.
"팀장님, 괜찮으세요?"
"야, 인마, 놔놔~ 가만히 놔두라고. 아... 아프니까 건드리지 말라고~"
그 녀석이 일부러 그런 것도 아니건만, 제 몸이 너무 아프니까 그만,

애꿎은 후배에게 신경질을 내고 말았던 거죠.
정말 눈물이 줄줄 날 만큼 아팠거든요.
결국 급히 차로 병원에 옮겨졌는데,
다행히 뼈에 금이 갔다든가 하는 심각한 상황은 아니었고
물리치료를 꼬박꼬박 받으면 되는 정도였습니다.

회사 야유회에서 다친 거라고 부장님이 배려해주신 덕에
하루 집에서 쉬고 있는데, 그 후배 녀석에게 계속 문자가 오는 겁니다.
'괜찮으세요? 많이 아프시면, 저랑 병원 가실래요?'
사실 자기 때문에 다쳤다고 더 신경 쓰는 것 같기에
저는 장난을 좀 쳤습니다.
'응, 꼼짝도 못하겠다! 밥도 못 먹고, 다 죽어감. 아파 죽겠음.'
이렇게 답문을 보내고 소파에 누워 허리 찜질을 하고 있는데,
한참 동안 아무런 대꾸가 없는 겁니다.

30~40분쯤 지났을까? 누군가 벨을 누르길래 나가봤더니
현관 앞에 그 녀석이 땀을 뻘뻘 흘리면서 서 있지 뭐예요.
"야, 너 뭐야? 지금 회사에 있을 시간 아냐?"
"헉헉, 팀장님이 다 죽어간다고... 아, 숨차... 죽... 죽 가져다드리려고 왔어요.
사람들한테 집 어디냐고 물었더니 회사랑 가깝다고 해서... 헉헉... 왔어요."
그러면서 들고 있던 죽을 쓱 내미는 겁니다.
"저... 제 차가 지금은 수리중인데, 내일부터는 제가 모시러 올게요, 팀장님!"
괜찮다고 한사코 사양했는데도, 그는 다음 날부터 아침 일찍 데리러 오고,
중간에 병원 물리치료도 함께 가주고, 퇴근할 때도 데려다주었습니다.
매일 매일 맛있는 음식점에도 데려가주고,
불편한 데는 없는지, 늘 자상하게 챙겨주는 그가 너무 고마웠죠.

근데 야속하게도, 제 허리는 며칠 안 가서 다 나아버렸습니다.
하지만 그 녀석과 떨어지기 싫은 마음에

계속 아픈 척하며, 안 가도 되는 병원에 굳이 굳이 나갔습니다.

그러던 어느 날, 담당 의사 선생님이 하필 그날따라 직접 배웅까지 해주시며
다 나았으니 앞으론 안 와도 된다고 말씀하셨고,
그도 의사 선생님 얘길 듣고 말았죠.
이제는 진짜 못 보겠구나 싶어 아쉬웠지만, 어쩔 수 없어진 겁니다.
"그래도 내가 다 나아서 다행이지?
나중에 너한테 피해 보상 청구할까봐 쫄았던 거 아냐?"
"아뇨, 다행 아니에요... 하나도. 차라리 좀 더 아프시지...
그럼 좀 더 같이 있을 수 있었을 텐데...
아픈 건 속상했지만, 전 정말... 천천히 나으시길 기도했어요.
매일 늦잠 자던 제가, 팀장님 데리러 간다고 저절로 눈이 떠지고
퇴근하고 팀장님을 집에 보내고 오는 길엔 난생 처음 퇴근하는 게 싫었어요.
저... 팀장님 많이 좋아하는 것 같아요."

어쩌면 저렇게 감동받을 얘기만 골라 하는지...
그의 주옥같은 고백에 저는 그만 울고 말았습니다.
저 역시 그를 좋아하고 있었기에, 우린 고민할 것도 없이
바로 연애를 시작했죠.
마치 오래전부터 그려온 시나리오처럼, 모든 것이 착착 진행되는 게
신기할 정도로 우리는 연애 3개월 만에 결혼식을 올렸답니다.

 러브, ♥ 게임의 법칙

사랑에 풍덩 빠져버리는 순간, 이미 내 마음은 내 것이 아닙니다. 그 사람이 당신에
게 다가오는 순간, 당신도 이미 느끼고 있을 걸요? '아, 이 사람이구나!' 그렇기에 두
사람이 무엇을 어쩌지 않아도, 그저 물 흐르듯 모든 것이 두 사람 위주로 돌아가게
된답니다.
BGM 100% - 보드카 레인

# 우리 두 사람만 알 수 있는 것

10년 전 여름, 제가 일하는 병원 원무과 여직원들의 회식이 있던 날이었어요.
그날은 병원장님께서 특별히 한 턱 쏜다고 하시는 바람에
더 신나게 음주가무를 즐겼죠.
하지만 회사는 안양, 저희 집은 안산이었던 터라
지하철이 끊어지기 전에 가야 해서, 과하게 취한 상태로 지하철을 탔습니다.
마침 빈자리가 있길래, 얼른 자리를 차지하고 잠을 청했죠.
그러다 저도 모르게 깊은 잠이 들었나 봅니다.

얼마나 시간이 지났는지, 누군가 제 팔을 흔들어 깨웠고
방송에서는 "마지막 열차입니다"라는 안내가 언뜻 들려왔습니다.
깜짝 놀라 눈을 번쩍 떴지만, 이미 제가 내릴 역은 지나쳐버린 상황!
그리고 웬 처음 보는 남자가 저를 흔들어 깨우고 있었습니다.
"일어나세요... 이거 막찬데... 어디까지 가시는 거예요?"
"아... 지났네... 어떡해~ 아, 저, 깨워주셔서 감사합니다..."

너무 창피한 데다, 그 와중에 어찌나 화장실에 가고 싶던지
저는 당장 내리려고 했습니다.
근데 이 남자, 갑자기 제 팔을 잡는 겁니다.
"저기요! 이 차가 막차라 지금 내리시면 안 될 거예요."
그래서 저는 차마 용무가 급하다는 말도 못하고
"아, 네!" 하고 다시 자리에 앉았죠.
그러고는 지하철에서 짧은 대화가 오갔는데,
그 사람도 회식이라 술 한잔하고는
졸다가 내릴 역을 지나쳐버렸다는 겁니다.
"저... 근데요.. 그쪽 전화번호 좀 알 수 있을까요?"
저는 속으로 '이 와중에 웬 수작~' 하고 생각했지만
저도 모르게, 정말! 저도 모르게~! 제 번호를 줘버렸습니다.

숫자 하나만 살짝 다르게 적었어도 될 텐데
술에 취해서인지, 아니면 그 남자가 괜찮아 보여서였는지
어쨌든 진짜 제 번호를 주고 말았습니다.
사실 이 남자, 키도 훤칠하고 양복 입은 모습이 참 멋있어 보였거든요.

다음 날, 병원에 출근해서 동료들에게 지난밤에 있었던 얘기를 했더니
다들 반응이 영~ 아니더라구요.
"어머! 지하철에서 잠깐 만났는데 전화번호를 알려주면 어떡하니?"
"그래그래, 게다가 술 취한 사람한테~ 그런 남자, 상습범 아냐?"
"혹시나 만나자고 전화 와도 절대 만나지 마, 알겠지?"
이런 얘기를 들으니까 어제 제가 번호를 알려준 게
진짜 잘못한 일 같고, 너무 심란해졌습니다.

그런데 그날 저녁 퇴근길. 그 남자에게 전화가 걸려온 겁니다.
"여보세요, 어제 지하철에서 만났던 사람인데,
오늘 시간 되시면 저녁 같이 하실...래요?"

저는 속으로 역시 사람들 말이 맞아, 선수네 선수야~
이러면서, 바로 거절했죠.
"오늘 비도 오고... 저... 집에 거의 다 와서...
좀 어렵겠네요. 다음에 기회 되면..."
이렇게 말하고 전화를 끊었습니다.

그 뒤로 일주일 동안 한 번도 전화가 없더라고요.
'왜 전화가 없지? 내가 먼저 전화해볼까?'
어느새 제 손가락이 휴대폰 위로! 띡띡띡~
그의 번호를 누르고 있었습니다.
"여보세요? 지난번 지하철에서 만났던... 아... 저...
전화가 없으셔서 제가 한번 해봤죠... 잘 지내셨어요?"
"아! 네! 저도 계속 바쁘고 그래서 깜빡했습니다. 죄송합니다~"

그렇게 다시 만나 식사를 같이 하며 이런저런 얘기를 나눴는데
그는 회사 동료들이 얘기했던 것처럼, 이상한 사람이 아니었습니다.
"사실은 그쪽한테 전화해서 퇴짜 맞은 다음... 맘 접었는데...
이렇게 다시 만나서 너무 기쁩니다, 하하하."

 러브, ♥ 게임의 법칙

사랑할 때, 주변 사람들의 말에 너무 휘둘리지 마세요. 타인의 조언이 필요할 때도
있지만, 서로 간에 전해지는 그 느낌, 미묘한 감정들은 오직 두 사람만이 캐치할 수
있는 것이니까요.

## 그냥 보고만 있을 거야?

10년 전, 저는 대학을 졸업하고 회사에 취직했습니다.
완전 초짜 신입사원이었던 저는 관리부로 발령받아
정말 눈코 뜰 새 없이 열심히 일했죠.

시간이 지나, 어느 정도 일에 적응했을 무렵,
제 눈에 한 사람이 들어왔습니다.
키도 크고 잘생긴 그 남자는 연륜이 좀 있어 보였죠.
"저기... 얘들아, 너희, 저분 누군지 알아? 그냥... 궁금해서~"
동기들에게 수소문한 끝에,
그가 '품질관리과 계장님'이라는 걸 알게 됐습니다.

우리 사무실 안쪽에는 실험실이 있는데,
언제부턴가 그 사람이 그 앞을 자주 지나다니는 겁니다.
향긋한 비누 향기를 풍기면서 말이죠.
아침에야 그렇다 쳐도, 퇴근할 때도 비누 향기를 풍기며 지나가는 그 남자를 보면서, 제 사랑은 점점 커져갔습니다.
게다가 그 사람이 자꾸 내 자리 쪽으로 오는 게
혹시나 날 좋아해서가 아닐까, 하는 도끼병까지 걸려버렸죠.
그렇게 지독한 상사병에 걸린 저는
어떻게 하면 그에게 말을 걸어볼까, 기회만 엿보고 있었습니다.
신입사원인 제가 계장님과 대화할 일은 없었으니까요.

그런데 얼마 후, 하늘이 제 간절한 마음을 아셨는지
드디어 기회가 왔죠!
제가 텅 빈 사무실에서 혼자 커피를 타고 있는데
그가 들어오는 게 아니겠어요?
저는 너무 떨려 그만 티스푼을 떨어뜨릴 뻔했습니다.
'아, 기회다! 말을 걸어볼까? 다신 기회가 안 올 수도 있어.
얼른 용기를 내. 근데 뭐라고 하지?'

그 찰나의 순간, 오만 가지 생각을 하다가 겨우 나온 첫마디는...!
"저... 계장님, 저 일출 보는 거 좋아해요! 그러니까... 어..."
제가 말해놓고도 너무 당황스럽고 어이가 없었지만
그는 저보다 훨씬 놀란 듯 보였습니다.
'뭐야...?' 하는 표정이랄까.
어쨌든 저는, 어디서 그런 용기가 났는지,
에라 모르겠다 하고 끝까지 밀어붙였죠.
"계장님! 주말에 시간 있으세요? 같이 일출 보러 가면...
아니, 제가 차도 준비하고 먹을 것도 준비하고... 어디서 만나실래요?"
그 사람은 제가 쏟아 붓는 말을 듣고 넋이 나가 있었고,
저는 그가 아무 대답도 못하게 다다다, 말하고는 획 나와버렸습니다.
"계장님, 토요일 날 회사 마치고 2시에,
회사 근처 버스 정류장에서 기다릴게요. 그럼 이만~"
사실 그 사람이 거절할까봐 무서워서 도망 나온 거였죠.

드디어 토요일이 되었고,
저는 버스 정류장에 일찌감치 나와서 기다리고 있었습니다.
그날을 위해 저의 애마를 깨끗이 세차하고, 한껏 멋을 부렸죠.
약속 시간인 2시가 지나고, 10분... 15분... 계장님은 보이지 않았습니다.
그런데 30분쯤 되었을까. 드디어 그가 나타났습니다!

"저... 선희 씨 일출 보지 말고... 다른 데 가죠~"
그가 화를 낼까봐 노심초사하고 있었는데 정말 뜻밖의 말이었죠.
사실 일출 보자고 한 것도 엉겁결에 튀어나온 말이었기에,
저는 아무래도 상관없었습니다.
그날 계장님과 저는 남들 데이트하듯, 영화도 보고
커피도 마시고, 저녁식사까지 함께 했습니다.
그리고 헤어질 때가 되어, 그가 이러더군요.
"저... 선희 씨, 정말 용기가 대단하던데요?
근데 첫 데이트 신청이... 일출을 같이 보자는 건, 좀 너무한 거 아니에요?"

콕 집어서 그렇게 말할 줄이야!
정말 너무 창피해서 쥐구멍에라도 들어가고 싶었답니다.
순간 그 사람이 좀 얄밉기도 했지만, 그래도 어쩌겠어요~
이미 제 눈에 콩깍지가 제대로 씌었는걸 말이에요.

 러브, ♥ 게임의 법칙

여자라고, 다소곳이 앉아 남자의 고백을 기다리기만 할 필요는 없습니다. 당신이 먼저 사랑에 빠졌으니, 먼저 고백하는 게 당연한 거 아닐까요? 남자들도, 때로는 자신의 감정에 솔직한 여자에게 매력을 느낀답니다.
BGM 내가 야! 하면 넌 예! — 김태우, 킹

037

# 자꾸자꾸 마주치고 싶은 사람

작년 여름, 친구들과 나이트에서 놀다가
바로 새벽 기차를 타고 여행을 떠나기로 계획을 세웠습니다.
저녁 무렵 나이트에 들어섰을 때,
휴가철이라 그런지 사람도 정말 많고, 다들 들뜬 분위기였죠.
어리둥절한 표정으로 주변을 둘러보고 있는데
웨이터가 제 손을 잡고, 남자 둘이 앉아 있는 테이블로 데려갔습니다.
서로 어색하게 인사를 주고받은 것 외에는
너무 시끄러워서 어떤 말도 알아들을 수가 없었죠.
결국 저는 다시 친구들이 있는 곳으로 돌아와
맥주를 마시면서 분위기를 즐기려고 하는데...
다시 웨이터가 와서 어디론가 또 끌고 가는 겁니다.

가보니, 그 테이블은 아까 그 자리!
그 중 저와 눈이 마주친 남자를 향해 소리쳤죠.
"어? 나 좀 전에 여기 왔었는데... 그냥... 갈게요!"

"알아요. 왔으니까 그냥 맥주라도 한잔하고 가시면 안 될까요?"
하지만 저는 영 내키지 않아, 술잔을 내려놓고
다시 친구들이 있는 곳으로 돌아갔습니다.
그 후로도 몇 번을 웨이터 손에 이끌려 가보면, 또 그 테이블이었고
저는 속으로... 저 사람, 진짜 이상한 사람이구나, 생각했죠.

"저기요, 근데 왜 자꾸 오라는 거예요! 그럴 거면 본인이 직접 오시든가!"
"하하, 남자가 가는 거 봤어요? 원래 여자가 오는 거예요."
저는 그 말에 기분이 좀 상해서,
"이제 안 올 거니까 다신 부르지 마세요" 하고, 쌩하니 와버렸습니다.
그랬더니 이 남자, 제 뒤를 졸졸 쫓아와 전화번호를 물어보더라구요.
'그래, 어차피 예의상 묻는 걸 거야. 이런 데서 만나서 진짜 연락하겠어?
곧 휴대폰도 새로 사고, 번호도 바꿀 건데 뭐. 그냥 알려주자.'
그렇게 번호를 알려준 뒤, 친구들과 부산으로 놀러 가서는
2박 3일 동안 신나게 휴가를 보내고 돌아왔습니다.

일주일 후, 모르는 번호로
'친구들과 즐거운 휴가 보내셨어요?'라고 문자가 왔는데,
저는 그 사람일 거란 생각은 전혀 못하고
그냥 누가 잘못 보냈나 보다, 하고 넘겨버렸죠.
그리고 며칠 뒤 휴대폰을 바꾸면서 번호도 싹 바꾸었습니다.

그렇게 시간이 흐르고...
저는 교육차 ○○역 옆에 있는 복합문화센터에 3주간 가게 되었습니다.
3주째 되던 날, 교육 준비를 하려고 역 환승주차장에 차를 대고 내리는데
누군가가 제 쪽을 향해 인사를 하더라고요.
눈이 별로 좋지 않은 탓에,
'나한테 인사한 게 아니겠지' 하며 원래 가던 방향으로 계속 걸어갔습니다.
그때 갑자기 웬 남자가 제 옆에 쓰윽 나타나더니

"계속 그렇게 내 문자에 답장 안 할 거예요?" 하는데,
깜짝 놀라 빤히 쳐다보니, 나이트에서 만났던 바로 그 남자였습니다.

처음 만났던 곳이 너무 어두워서 얼굴도 잘 볼 수 없었고,
시간이 많이 지나서 누군지 몰라봤던 거죠.
알고 보니 그 사람도 일 때문에 그 역 근처를 자주 지나다녔고,
3주 전부터 저를 봤다고 하더라구요.
"날 몰라보는 것 같아서 계속 말을 걸까 말까 고민했어요, 하하.
이렇게도 다시 만나네요~!"

신기한 우연으로 다시 만난 우리는 그 후 밥도 먹고, 차도 마시며
서로에 대해 많은 것들을 알게 되었습니다.
자상한 그에게 점점 호감을 느끼게 되었지만
마음 한켠에는 늘,
'에이, 그래도... 나이트에서 만난 사람과 뭐 진지하게 만날 수 있겠어?
그냥 친한 오빠 동생 사이로만 지내야지'라는 생각이 있었습니다.

하지만 사람 맘이 어디 그렇게 생각대로 되나요?
우리는 서로에게 끌리는 감정을 감추지 못하고,
결국 누가 먼저랄 것도 없이 사랑에 풍덩 빠져버렸답니다.

러브, ♥ 게임의 법칙

언제나 사랑하는 감정이 최우선입니다. 어디서, 어떻게, 만났는지는 중요하지 않습니
다. 그저 당신과 그 사람의 감정이 얼마나 진지한지에 대해서만 고민해보세요. 오히
려 그런 데서 만났는데도 연인으로 발전했다는 사실에 '아, 우리가 정말 운명인가 보
구나!' 실감하게 될 수도 있답니다.

# 가까이, 조금 더 가까이

대학교 4학년 때, 서로서로 취직 정보를 공유해볼까 해서
같은 학교, 같은 학번끼리 동호회를 만들었습니다.
처음에는 별 기대 없이 만든 동호회였는데,
점점 회원 수도 늘어나고, 게시판 글에도 많은 리플이 달리기 시작했죠.
그러다 보니 같은 학교, 동기들끼리 얼굴 한번 보자는 의견이 나왔습니다.
"우리 한번 얼굴 좀 봅시다. 스트레스도 풀 겸 놀이동산 정모 어떨까요?"
누군가의 의견에, 다른 학생들도 찬성했고,
운영자였던 저는 다음 토요일로 정모를 추진했습니다.

마침내 토요일. 저는 약속 시간인 오전 10시에
기념품 가게 앞에서 회원들을 기다렸습니다.
10여 분쯤 지났을까. 못 갈 것 같다는 몇 통의 문자만 도착할 뿐이었죠.
'아, 뭐야. 다들 좋아하더니, 아무도 안 오고...
참 내, 조금만 더 기다리다 가야지!'
그렇게 15분 정도 더 기다리다 집에 가려는데,

마침 귀엽게 생긴 여자분이 말을 걸어오는 겁니다.
"저... 혹시 동호회 운영자이신가요? 제가 좀 늦었죠~~ 죄송해요!
기념품 가게가 어딘지 몰라서 한참 헤맸어요~
게다가 그쪽 전화번호 적은 종이도 깜박하고 안 가져와서요.
어? 근데 아무도 안 오신 거예요?"

그날 처음 만난 여자와 놀이동산에 서 있다니...!
정말 어색했습니다.
늦게라도 누군가 더 올까 싶어 10여 분쯤 더 기다리다가
결국 안 되겠다 싶어 제가 먼저 말을 걸었죠.
"어떡하죠? 우리 둘뿐인데... 어... 그게..."
사실 이 멀리까지 왔는데 그냥 가기도 뭣하고,
그렇다고 처음 보는 사이에 둘이서 놀다 가는 것도 영 불편할 것 같고
정말 어쩔 줄 몰라 우물쭈물 말을 건넸습니다.
그런데 의외로 그녀가 먼저 이런 제안을 하는 겁니다.
"그럼 우리 둘이 놀이기구 타고 갈까요? 여기까지 와서 그냥 갈 순 없죠.
더 기다려도 안 올 것 같은데... 들어갈까요?"

그렇게 우리는 놀이동산에 입장했는데
주말이라 그런지, 사람이 엄청 많았습니다.
게다가 처음 보는 사람과 옆자리에 앉는 것도,
어깨를 나란히 하고 걷는 것도, 심지어는 음료수를 사 먹는 일조차
너무 어색해서 식은땀이 날 정도였죠.
하지만 한참 동안 긴 줄에 서서 차례를 기다려야 했던 우리는
자연스레 많은 얘길 나누면서 조금씩 가까워졌습니다.
그러다가 1학년 때 우리가 같은 수업을 들었다는 것도 알게 되었죠.
이런저런 얘기를 하다 자연스럽게 말도 놓게 되었고,
제 마음속엔 그녀에 대한 호감이 새록새록 피어났습니다.
그런데 어느 순간, 사람들이 우르르 뛰어가는 게 보였습니다.

우리도 덩달아 그 인파에 휩쓸려 줄을 섰습니다.
관람차를 타는 줄이었는데, 저는 영문을 몰라,
앞에 있는 꼬마에게 왜 여기들 서 있냐고 물었습니다.
"조금 있으면 불꽃놀이 할 시간이거든요. 관람차에서 봐야 예뻐요!"

얼떨결에 그녀와 함께 관람차에 올라탔는데,
그 폐쇄된 공간에 같이 있으려니, 또다시 밀려오는 어색함...
게다가 관람차 벽에, '우리 여기서 뽀뽀했어요~'라는 낙서가
크게 있었기에 더 그럴 수밖에 없었죠.

다행히 몇 분 후, 불꽃놀이가 시작되었고
하늘에 수놓이는 불꽃들을 보자 낭만적인 기분에 젖어들어
저는 용기를 냈습니다.
"혹시... 앞으로도 이렇게 만날 수 있을까?"
하지만 그녀는 아무 말도 하지 않았습니다.
이 좁은 공간에서 그녀의 얼굴을 빤히 쳐다볼 수도 없고
밖을 내다보고 있자니 그것도 어색하고,
공중에 붕 떠 있으니 내려버릴 수도 없고
그렇게 정말 어쩔 줄 몰라하고 있는데,
드디어 그녀의 꿈결 같은 목소리가 들려왔습니다.
"응, 그래!"

 러브, 게임의 법칙

연애란 두 사람 사이의 어색함을 줄여가는 과정입니다. 숨소리조차 어색한, 그 떨림
이 있었기에 현재의 사랑이 더 애틋한 것 아닐까요? 아직 당신의 그녀 혹은 그와 어
색한 단계에 있다면 놀이동산에 가보세요. 그곳에서 보낸 시간이 두 사람 사이의 거
리를 한 뼘은 더 좁혀줄 수 있을 겁니다, 적어도!
BGM 공원여행 - 페퍼톤스

때로는
아프고

#02.두번째 이야기

# 당신의 사랑을 감추고 있나요?

오늘 휴대폰에서 번호 하나를 지웠습니다.
정확히 말하면 한 사람을 지운 거겠죠...
사실 이번이 처음은 아닙니다. 지금까지 계속 반복된 일이었어요.

그 사람과 저는 9년 동안 친구 사이로 지냈습니다.
누군가 '니네 둘은 무슨 사이냐?'고 물어오면,
저는 언제나 아무렇지 않은 듯 말하곤 했죠.
"그냥 친구일 뿐이지 뭐긴 뭐야~ 야! 남자랑 여자도
친구가 될 수 있더라구~ 우리가 그렇잖아~"
이렇게 말하면 사람들은 진심으로, 우리 둘을 부러워하곤 했습니다.
그리고 그 사람 역시 호탕하게 웃으며 맞장구를 쳤죠.
"하하하, 그러게~ 우린 그렇게 오래 만났어도, 아직도 그냥 친구더라고~
여자랑 남자랑 친구 하는 거 보기보다 훨씬 더 좋다~!"
그의 웃음소리를 들으며, 저 역시 희미하게 웃어 보였지만
마음 한 구석이 너무 아팠습니다.

저를 친구라 부르는 이 남자를,
저 혼자 몰래 좋아하고 있거든요.

그에게 여자친구가 생기면 누구보다 기뻐해줬고,
헤어져서 괴로워할 때도 늘 그의 곁에서 위로했습니다.
그럴 때마다 그에게 제 맘을 고백할까 생각도 했지만
억지로... 억지로 나 자신을 달래곤 했죠.
'그래... 애인이랑 헤어지고 얼마나 힘들겠어... 나보다 더 힘들 거야...
그러니까 내가 한 번 더 참자!... 고백했다가 괜히 사이만 어색해질 거야...'
이렇게 친구로라도, 그 사람 곁에 남고 싶었거든요.

친구에서 연인이 된다는 노래를 들을 때도
영화나 드라마 속 주인공들의 얘기를 들을 때도
그건 내 얘기는 아닌 것 같다며, 쓴웃음만 지었습니다.

그렇게 9년이 지났네요.
물론 저도 사람이니까...
이 지겨운 짝사랑, 그만두고 싶을 때도 많았습니다.
이렇게 혼자만 좋아하면서
친구인 척 곁에 있는 게 무슨 소용인가 싶은 적도 있었죠.
그래서 휴대폰에서 그의 번호도 지워보고,
전화가 와도 받지 않고, 연락도 끊어보고...
정말 안 해본 게 없어요.

근데 참 이상한 건요, 항상 제가 먼저 그렇게 해놓고도
그 사람이 행여나 제 마음을 눈치 챌까봐,
제가 먼저 손을 내밀었습니다.
그는 이런 제 마음도 모르는데, 정말 혼자서 북 치고 장구 치고...
바보가 따로 없었죠.

그런데 오늘 그에게서 전화가 왔네요.
"야~ 축하해주라! 나 진짜 사랑하는 여자 만났어!
진짜야! 이번엔 진짠 거 같다! 으하하, 요즘 살맛 난다!"

늘 자기편에 서주고, 누구보다 잘 이해해주던 저에게
제일 먼저 말하고 싶었겠죠.
그 사람에게 저는 9년 동안, 쭉 그런 친구였을 테니까요.

저는 지금 휴대폰에서 그의 번호와 이름을 지웠습니다.
그의 번호를 머릿속에서 지우는 건 힘들겠지만,
더 이상 전화기에 그의 이름이 뜨는 걸 기다리지 않기로 마음먹었거든요.

언젠가...
오직 친구로서의 담담함으로
그의 번호를 다시 저장할 수 있을 때까지...
그때까진 그 사람이 아니라, 제 자신을 위로하면서 지내보려구요.

지금까진 사랑을 우정이란 이름 아래 감춰두려 했었다면
이젠 숨기는 게 아니라, 지워보려 합니다.

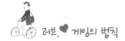
러브, ♥ 게임의 법칙

굳이 숨겨야 하는 사랑이라면, 하루라도 빨리 지워버리는 게 낫습니다. 사랑한다고
말도 못하고 감추는 동안 당신 스스로가 받을 상처를... 그 사람은 절대 치유해줄 수
없기에...

BGM 옛 사랑 - 보아

# 우리, 내일, 헤어져

그 사람은 저보다 네 살 어린, 학교 후배였습니다.
처음 만났을 때부터 저는 이미 직장인이었고, 그는 학생이었기 때문에
돈을 쓰는 건 거의 제 몫이었죠.

제가 회식을 하거나 야근을 할 때면,
그는 은근히 짜증을 내곤 했습니다.
"어? 회식이라고? 아... 나 수업 끝나고
자기 데리러 갈까 했는데... 알겠어."
그리고 돈 쓰는 거나 기념일을 챙길 때마다
그는 점점 더 부담을 느끼는 것 같았고,
제가 그런 생각 말라고 해도 어쩔 수 없는 듯했죠.
"생일 선물 더 좋은 거 못 해줘서 미안해.
휴... 나도 취직하고 싶다..."

점점 이런 일들이 빈번해지면서

저는 저대로 그를 답답해했고,
그는 갈수록 제 앞에서 위축되어가는 듯했습니다.
처음엔 그저, 서로의 생활이 다르니 그럴 수밖에 없다고 여겼지만
우리 사이의 벽은 점점 더 높아져만 갔죠.
게다가 그는 몇 개월째 취직이 되지 않아
자신감마저 잃어가는 것 같았습니다.
제 앞에서 스스로 몹시 초라하다 느껴졌는지,
화를 내야 할 때도 그냥 꾹 참아 넘기는 게 보였죠.
말수도 부쩍 줄어든 그를 볼 때마다 제 맘도 편치 않았습니다.

그러던 어느 날, 그를 만나러 학교에 갔다가
제 앞에서 보이던 것과는 아주 다른 모습을 보게 되었습니다.
친구와 후배들 틈에 섞여 쾌활하게 웃는 그 사람...
참 자신감 넘쳐 보였습니다.
'그랬지... 2년 전에 처음 만났을 땐, 내 앞에서도 저렇게 웃었는데...'

그날 이후, 그 사람이 소심하게 변해가는 건
순전히 나 때문이라는 자책 끝에...
결국 그와 헤어질 결심을 했습니다.
사랑한다면, 상대방을 더욱 빛나게 해주어야 할 텐데...
우리는 그 반대라고 생각했거든요.

"뭐? 헤어지자고? 싫어... 못 헤어져! 갑자기 왜 이래?"
처음 제가 헤어지자는 말을 꺼냈을 때,
그는 자기가 부족한 게 있다면 노력하겠다며 저를 붙잡았고,
결국 몇 달을 더 만났습니다.
하지만 역시나 늘 같은 문제로 부딪혔고,
그 사람 역시 우리 문제가 뭔지 인정하게 되었죠.

그렇게 진짜 이별을 한 지... 이제 석 달쯤 되었네요.
오늘, 오랜만에 그의 미니홈피를 찾아갔습니다.
한동안 꽁꽁 닫혀 있던 그곳이 다시 열려 있네요.
며칠 전에 올린 사진을 보니, 표정이 아주 밝아졌더라구요.
헤어지기 직전에 우린, 싸울 일이 많아서였는지 늘 우울했거든요.

저 역시... 헤어진 뒤 많이 힘들었는데
그 사진을 보니 정말 잘했다는 생각이, 또 한 번 듭니다.
'늘 노력하고 열심히 사는 너니까... 앞으로 좋은 일만 있을 거야.
너의 앞길에 행복만 가득하길 바랄게.'

 러브. ♥ 게잉의 법칙

남녀 사이에서 둘 중 한쪽이 기운다는 느낌이 든다면... 그 사람이 바로 당신이라면...
얼마나 힘이 들지... 당신 품에서 벗어나 더 빛날 수 있는 사람이라면, 그만 놓아주세
요. 사랑에 눈이 멀었을 때는, 무조건 그 사람을 당신 곁에 두면 행복할 거라고 생각
하지만, 안타깝게도 그런 시간이 끝나버리는 순간이 찾아옵니다.

 BGM 우리 이렇게 헤어지기로 해 - 동물원

# 이제는 과거형이 되어버린,

주말엔 늘 그래 왔듯,
그날도 남자친구와 저녁을 먹고 심야 영화를 보고 있었습니다.
한창 영화에 빠져 있는데, 그 사람의 휴대폰 진동 소리가
유난히 크게 들렸습니다.
보통 때 같으면, 그냥 꺼두거나 무시하고 영화에 집중할 텐데
그날따라 남자친구는 휴대폰을 들고 밖으로 나가는 겁니다.
그러고는 영화가 끝나고 나서야 들어왔고
심각한 얼굴로 자기 얘기를 잘 들으라고 하더군요.

그에겐 6년 동안 사귄 여자친구가 있다고 했습니다.
그녀는 유학중이었고, 그사이 이 남자는 저를 만났던 거죠.
이런 드라마 같은 일이 나에게도 일어나는구나... 믿기지 않았습니다.
1년 동안 내가 사랑하고, 나만 사랑한다고 믿었던 그 남자 곁에
결혼까지 약속한 오랜 여자친구가 있다니...
그의 이야기를 듣는 동안, 커피 한 모금도 넘어가지 않더군요.

"미안해... 나... 정말 그 사람을... 정리하려고 했는데,
그게... 내 맘대로 안 된다... 너랑 헤어져야 할 것 같아."

여자친구의 유학...
1년 동안은 그녀를 기다렸고,
1년이 지나갔을 때쯤, 그 사람은 친구의 결혼식에서 저를 만났습니다.
회사 선배의 결혼식, 생각지도 못했던 그 남자의 고백에
가슴 설레던 때가 떠올랐습니다.
딱 이맘때였던 것 같네요.
"야야, 신랑 친구 중에 계속 너만 쳐다보는 남자 있던데,
아까 네 번호 물어본 게... 그 남자지? 맞지?"

생판 모르는 사람에게 대시를 받아본 것도 처음이었지만
그 사람은 정말 멀끔하니 첫인상이 좋았습니다.
그를 본 제 주변 사람들도 하나같이
제발 좀 잘 해보라고 저를 부추겼죠.
"너 이번이 기회다! 너 이제 내년이면 서른 넘잖아.
서른 넘으면 어떻게 되는지 알지? 이 남자랑 결혼해버리는 거야!"

어느새 제 맘도 그를 향해 있었고,
주변 사람들 덕에 우리는 급속도로 연인 사이로 발전했죠.
그리고 그를 만나는 동안, 너무너무 행복했습니다.
그와 결혼을 약속한 적은 없지만
서른 줄로 들어선 여자와 이미 서른 중반인 남자가 만났으니
당연히 결혼으로 이어질 거라 믿었습니다.
그런데 이제 와 생각해보니, 그 사람은 결혼 얘기만 나오면
화제를 돌렸던 것 같네요.
그리고 친한 친구들의 결혼식에 같이 가자고 하면
늘 일 핑계를 대면서 요리조리 빠져나갔던 것도 생각났습니다.

이 모든 것이 전부... 저랑 헤어지려고 그랬던 것이라 생각하니
자꾸만 눈물이 납니다.
행복하지만 어딘가 부족했던 그 느낌, 허전했던 마음...
다 이유가 있었던 거였네요.
그 사람이 제게 충격 선언을 한 지 2주가 지났지만
저는 아직 많이 힘이 듭니다.

다음 주에 그의 진짜 여자친구가 돌아온다고 했던 것 같아요.
그런데도 이 남자, 자꾸 저에게 연락을 해옵니다.
"전화 계속 안 받을 거니?
마지막으로 얼굴은 봐야지... 연락 기다릴게."

아직도 그를 사랑하지만 계속 만나면
저만 상처 받고 망가질 것 같아서, 완전히 그를 지워버리려고 합니다.
그러니 이제... 제발 저에게... 연락하지 말아요...

 러브, ♥ 게임의 법칙

당신의 사랑에 조금이라도 진심이 있었다면 더이상 상대방을 흔들지 마세요. 그 사람
에게 과거 이야기를 털어놓는 순간 당신의 마음은 편해졌을지 모르지만, 상대방의 마
음에선 지옥이 시작될 테니까요. 아무 미련도 남지 않도록, 독하게 놓아주는 것이 지
난 사랑에 대한 최선일 겁니다.

# 변해가는 그대를...

"그래, 내가 오빠를 바꿔주자.
노력해서... 새로운 미래를 만들면 되는 거야..."
처음엔 그럴 수 있을 거라고 생각했습니다.
그 사람을 바꿀 수 있다고...

대학교 4학년 때, 네 살 연상의 그 사람을 만나 사랑을 시작했습니다.
2년 반을 만났고, 그러면서 오빠는 차츰 결혼 얘기를 꺼냈죠.
나이 서른을 넘긴 그 사람은 자연스럽게 미래를 꿈꿨지만,
저는 그에 대한 믿음이 부족했기에 결혼 생각만 하면 마냥 불안했습니다.

위태위태, 불안한 직장과 앞날에 대해 아무런 준비도 안 했으면서
덜컥 결혼부터 하려는 그 사람이...
그저 불안하게만 느껴졌죠.
게다가 그의 우유부단한 성격까지 저를 힘들게 했습니다.
하지만 그 사람을 사랑했기 때문에... 헤어지고 싶진 않았습니다.

그래서 저는 그가 변할 수 있도록 많은 조언을 하기 시작했습니다.

"오빠... 지금 이직하면 어때?
영어 공부 시작해서 토익 점수도 높이고, 자기소개서 수정해서...
채용 공고 올라온 것 중에 오빠가 괜찮다 싶으면 이력서도 한번 내보고...
어때? 오빠는 잘할 수 있을 거야."

다행히도 남자친구 역시 저와 같은 생각이었고
우리는 그때부터 각자 퇴근 후에 만나,
근처 대학 도서관에서 함께 공부를 시작했습니다.
오빠의 긍정적인 태도가, 흔들리던 제 마음도 잡아주었죠.
"그래, 우리 열심히 해보자. 나도... 지금보다 더 나아지고 싶어. 노력해볼게!"
그는 곧 중고 노트북을 사서 토익 동영상을 보면서 공부에 열중했고,
주말에도 아침 일찍 만나 함께 도서관으로 향할 때가 많았습니다.

하지만 그렇게 노력했는데도 좀처럼 오르지 않는 토익 점수 때문에
그는 점점 실망했고, 처음에 넘쳐나던 자신감마저 사라지는 듯했습니다.
그러면서 그는 조금씩 변해갔죠.

잠깐 차에 가서 눈 좀 붙이고 오겠다던 사람이 한 시간 넘게 자다 오고,
주말에는 아침 일찍 만나는 게 힘들다며,
점심때 이후로 약속 시간을 늦추더군요.
그런 모습을 보며 저는 또다시 불안해졌습니다.
"오빠, 이 정도밖에 안 되는 사람이었어? 이러려고 도서관 오고,
노트북 샀어? 이렇게 금방 포기할 거면, 뭐 하러 그 고생을 시작했어?"

처음에는 다독여줘야겠단 맘으로 시작했던 말들이
점점 감정적으로 변해갔고,
그를 무시하는 말까지 내뱉고 말았습니다.

"오빠! 그렇게 욕심 없는 성격 갖고는 앞으로 성공 못해! 알아?"
그렇게 남자친구의 자존심에 상처 내며 독한 잔소리만 할 줄 알았지,
그 사람의 상황과 마음을 이해하려 들지는 않았습니다.

그러던 어느 날 밤, 그 사람이 집 앞으로 찾아왔습니다.
"나는 널 만족시켜줄 사람이 아닌 것 같아.
너는 좋은 애니까... 나보다 더 멋진 남자 만날 수 있을 거야...
그러니까 이렇게 바보 같은 나랑 만나지 말고...
나도 너랑 헤어지는 거 힘들지만...
같이 있으면 더 힘들어질 거야. 우리... 헤어지자."

가장 힘들고 불안했던 건 그 사람, 자신이었을 텐데...
저는 뒤늦게 깨닫고 그를 붙잡아봤지만, 달라지는 건 없었습니다.
그렇게 우리는 지난봄, 헤어졌습니다.

 러브, ♥ 게임의 법칙

지나친 강요보다는 '나는 당신을 응원하고 있다는 믿음'을 주는 것, 그것이 그 사람
을 변화시키는 가장 큰 힘입니다. 처음엔 사랑하는 사람의 발전을 위해 시작된 조언
과 충고가 그 사람의 자존심을 다치게 한다면... 그는 당신 곁에서 점점 멀어질 테니까요.

# 너 정말 바보같구나

3년 넘게 만나온 여자친구가 있었습니다.
서로 정말 사랑했고, 행복했던 기억도 많았죠.
그렇게 내 평생을 함께할 사람은 그녀라고 굳게 믿었는데
어느 날부턴가 우리 사이가 삐걱거리기 시작했습니다.

사소한 말다툼으로 시작되어 서로에 대한 불만이 하나 둘 쌓여갔고,
그녀는 이런 상황을 견디기 힘들어했습니다.
그러다 결국 일방적인 이별 통보를 하더군요.
"있잖아... 오빠, 우리... 더는 아닌 것 같아. 그만 만나자."
갑작스레 헤어지잔 말을 듣자, 너무 당황스럽고 화가 나서
맘에도 없는 말들을 쏟아냈습니다.
"누가 할 소리였는데! 참 나, 그래 잘됐다.
그만둬! 헤어지자구!"

하지만 다음 날 아침, 눈을 뜨자...

그녀를 붙잡지 않은 게 너무나 후회스러웠습니다.
그래서 수십 번도 더 넘게 전화를 걸어봤지만
그녀는 받지 않았고, 우리는 정말 그렇게 헤어지게 되었습니다.

남자지만... 그리움에 운 적도 많고,
함께 찍은 미니홈피의 사진들을 삭제할까 말까 고민하며
컴퓨터 앞에 몇 시간씩 앉아 있던 적도 있었죠.
"아냐, 그래도 혹시나... 맘이 변해서 다시 오진 않을까? 그래...
그럴지도 모르니까... 다 버리진 말자."
그래서 저는 그녀와 주고받은 편지와 커플링만은 상자에 담아 보관했고,
우리가 자주 가던 카페나 공원에서 우연히 마주칠지도 모른다는 기대로
근처를 서성거린 적도 많았습니다.
그런 어리숙한 방법으로, 그녀와의 추억을
점점 지워가고 있다고 생각했습니다.

그런데 며칠 전, 복잡한 퇴근길 버스 안에서 낯익은 목소리가 들리더군요.
"어, 자기~ 나 보고 싶지? 금방 갈게, 기다려~"
버스 안에는 사람들 말소리, 라디오 방송, 차 소리까지
뒤섞여 많이 시끄러웠는데도
제 귀엔 어쩜 그렇게 또렷이 들리던지요...
바로 그녀의 목소리였습니다.
'어... 혹시? 아닐 거야~ 아냐, 잘못 들었겠지.'
애써 무시하려 했지만, 저도 모르게 고개를 그쪽으로 돌리게 되었고,
하필 그녀와 눈이 딱 마주쳐버렸습니다.

그 순간... 제 감정은 3년 전 그때로 되돌아갔죠.
그때보다 조금 더 길어진 머리카락,
예전보다 더 짙은 화장의 그녀였지만
정말 또렷이 기억이 났습니다.

나를 못 알아봤기를 바랐지만,
그녀는 사람들 틈을 비집고 제 쪽으로 다가오더군요.
"어머, 오빠! 와~ 여기서 보게 되네! 반갑다!
반갑다는 말이 좀 이상한가? 어쨌든... 잘 지내지?"

마치 몇 년 만에 반가운 친구를 만난 것처럼 웃으며 말하는 그녀 앞에서,
저는 바보같이 "어, 그, 그럼"이라는 말밖에 하지 못했죠.
한때 사랑했던 사이가 맞나 싶을 정도로, 아무렇지 않게 저를 대하고
이제는 새로운 사랑을 하고 있는 그녀인데도...
저는 그날 밤, 집으로 돌아와 너무 늦은 후회를 하고 말았습니다.

'바보 같은 놈... 그러게... 그때 헤어지잘 때, 붙잡았어야지...
이렇게 못 잊을 거면서... 그때 잡았어야지...
나도 진짜 못난 놈이다...'

러브♥ 게잉의 법칙

이별은 즉흥적으로 하는 것이 아닙니다. 상대방이 먼저 헤어지자고 말하더라도, 홧김
에 받아들이지 마세요. 붙잡고, 또 붙잡으세요. 그러다 당신 가슴에 또 한 번 상처가 나
더라도...시간이 흐른 뒤의 후회는 훨씬 덜할 테니까요.
BGM 그대는 어디에 - 에피톤 프로젝트

## 그냥, 말해주지 그랬어

올봄, 작은언니가 결혼을 했습니다.
행복한 결혼식이 끝나고 언니와 형부의 지인들이 모여
뒤풀이를 하는 자리에 저와 제 친구들도 참석하게 됐죠.
약간 어색한 술자리에서, 이런저런 얘기를 하고 있는데
저쪽 방에서 갑자기 제 이름이 들리는 겁니다.
누가 내 얘기를 하나, 싶어서 그쪽으로 가보았죠.
"아니, 누가 내 이름을 이렇게 크게 부르는 거야? 창피하게~"

그곳엔 몇 명의 남자들과 제 친구들이 있었는데
제가 들어가니까 다들 키득거리며 어떤 남자를 쳐다보더라구요.
그래서 저도 모르게 그를 뚫어져라 보다가 대뜸 물어봤죠.
"누구세요?"
"아, 저, 작년에 소개팅하려다 못 만났던 그... 기억나세요?"
작년에 작은언니의 주선으로 소개팅을 하려다가
자꾸 미뤄져서 결국 무산돼버렸던 그 소개팅남이!

바로 이 남자였던 거죠.

실제로 보는 건 그때가 처음이었는데 그런 인연 때문인지
왠지 편하게 느껴지더라구요.
우리는 함께 술잔을 부딪치며 수다도 떨고, 즐거운 시간을 보냈죠.
그는, 제가 술을 마시려고 하면 "적당히 마셔요~" 하며
은근히 챙겨주기도 했고,
저도 그가 너무 좋았기에 편하게 마음을 표현했습니다.
그리고 그날 밤, 그 남자로부터 연락이 왔습니다.
"잘 들어갔지? 우리 내일 만나자. 잘 자."

그렇게 다음 날 저녁, 첫 데이트를 하게 되었습니다.
실은 전날 술을 너무 많이 마신 데다 감기 기운도 있었지만
저는 있는 힘껏, 화장을 하고 최대한 예쁘게 꾸몄죠.
약속 시간에 맞춰 집 앞으로 데리러 온 그를 보니까
아픈 것도 싹 달아나는 것 같았습니다.
"어제 무리하는 것 같던데, 속은 좀 괜찮아?
우리 굴국밥 먹으러 갈까? 속 푸는 데 그만인데~"
우리는 맛있는 국밥도 먹고, 드라이브도 했습니다.
마치 오랫동안 알고 지낸 사이처럼,
자연스럽게 제 옆자리로 스며든 그 사람...
그 후 우리는 정말 자주 만나면서 사랑을 키워나갔습니다.

이렇게 모든 것이 잘 돼가고 있다고 생각했는데
그건 제 생각뿐이었나 봅니다.
지난 달, 그 사람이 갑작스레, 헤어지잔 얘기를 꺼냈거든요.
"저기... 우리 그만 만나자... 그냥... 너랑 나... 잘 모르겠어..."

저야말로, 그의 마음을 모르겠는데...

그는 자기 할 말만 하고 전화를 끊었습니다.
갑작스레 일방적인 이별 통보를 받는 건 너무나 씁쓸한 일이었죠.
만날수록 나에 대한 감정이 희미해진 거겠지,
막연한 추측만 들 뿐...
진짜 이유를 모른 채 헤어지고 나니 몇 배로 더 힘이 듭니다.

한쪽에서는 사랑이라고 확신하던 시간이
다른 한쪽에겐 이별을 준비하는 시간이 될 수도 있다니...
저는 아직도, 이해가 잘 되지 않습니다.

 러브, ♥ 게임의 법칙

헤어질 때도, 예의가 필요합니다. 두 사람의 감정이 똑같은 타이밍에 시작되고 끝날
수는 없더라도 최소한 한쪽이 덩그러니... 버려졌다는 느낌은 주지 말아야겠죠.

# 그때 내가 조금만 더 진지했더라면,
# 네가 떠나지 않았을까

22년 동안 연애 한 번 해본 적 없이 군대에 갔던 저는
동기 녀석들에게 숱하게 놀림을 받곤 했습니다.
"생긴 건 멀쩡해갖고 연애 한 번 못해봤어?"
"그러게. 너 아직 키스도 못해본 거 아냐? 불쌍한 놈!"
이런 식으로 불쌍하다거나, 실없는 남자 취급을 많이 당했죠.

그러다 자대 배치를 받고 100일 휴가를 나왔을 때
그 당시 유행하던 동창 모임 사이트에서 낯익은 이름을 발견했습니다.
학창 시절 혼자 좋아했던 그 친구의 연락처가 남겨져 있었는데,
그것만으로도 괜히 심장이 두근두근거렸죠.
휴가 내내 고민하다, 복귀 날이 다가왔을 때
용기를 내어 전화를 해봤습니다.
"여보세요? 아... 안녕, 반가워... 나 기억할지 모르겠네?
동창 사이트 갔다가 니 연락처가 있길래..."

다행히 그녀는 제 이름을 듣고 무척 반가워했습니다.
평소 여자 앞에서 덜덜 떨기만 했던 제가,
그날은 정말 신기하게도 말이 술술 나오더라구요.
덕분에 복귀하는 날, 그녀와 만날 수 있었죠.
그때부터 우울하던 군 생활이 달라졌습니다.
그녀와의 편지와 통화로 하루하루 행복하기만 했죠.
그리고 드디어 다음 휴가 때 고백을 했고,
그녀 역시 제 맘을 받아주었습니다.

누군가를 사랑하게 된다는 건, 밥을 안 먹어도 배가 부를 것 같고,
일하다가도 하늘 보면서 혼자 실실 웃을 수 있는 거라는 걸 알았습니다.
여자친구의 면회와 편지 덕에 힘든 군 생활도 잘 버틸 수 있었죠.

그런데 군 생활을 6개월 남긴 어느 날, 그녀가 뜬금없이 이런 질문을 했습니다.
"너 제대하고 나서 졸업하면 나랑 결혼할 거야?"
생각도 안 해본 결혼이라는 화두에 당황해, 저는 대충 얼버무렸고
순간 그녀가 실망하는 게 느껴졌지만 대수롭지 않게 여기고,
남은 휴가를 보냈죠.
사실 제대 후 졸업까지 3년이나 남은 저에게,
결혼은 그저 먼 나라 얘기였습니다.
하지만 일찍 사회생활을 시작한 그녀에겐 좀 다른 듯 보였죠.

그 후로도 몇 번, 그녀는 결혼에 대해 물은 적이 있지만
그때마다 저는 제대로 대답하지 못했습니다.
대신 이런 얘기를 자주 해줬죠.
"결혼은 뭐... 우리 아직 어리잖아. 대신 제대하면 내가 돈 많이 벌어서
니가 하고 싶은 거 다 해주고, 더 많이 사랑해줄게."

그리고 제대를 두 달 앞둔 4월부터 그녀는 제 전화를 받지 않았고,

한참 만에 겨우 연락이 닿았습니다.

"미안해, 우리 이만 헤어지자."

그녀는 정확한 이유도 말해주지 않았고,

이미 혼자서 마음을 다 정리한 듯 보였습니다.

그렇게 열렬히 사랑했지만, 고작 전화 한 통으로 이별을 통보받고

괴로워하면서 석 달쯤 보냈을 무렵,

우연히 그녀의 친구를 통해 소식을 들을 수 있었습니다.

"걔... 11월에 결혼한대. 남자가 나이가 좀 많아. 나도 그 결혼 반대했는데...

집에서 결혼 문제로 갈등이 많았대. 니 얘기도 했는데 탐탁지 않으하시고...

그러던 중에 아버지 건강도 안 좋아지시고... 혼자 감당하기가 힘들었나봐.

너랑 헤어질 때도 엄청 힘들어했어.

너한테 부담 주기 싫어서, 일부러 독하게 굴더라.

니 전화도 안 받고... 많이 힘들었을 거야."


그제야 오래전 그녀가 결혼 얘기를 했을 때...

정말 진지하지 못했던 제 모습이 떠올랐고, 뒤늦은 후회에 가슴이 아팠습니다.


그녀에게 차마 전하지 못한 말이 있습니다.

"미안하다. 시간을 되돌릴 수 있다면...

'걱정 마, 내가 널 지켜줄게'라고 했을 텐데...

미안해... 꼭 행복해야 해..."

 러브, ♥ 게임의 법칙

사랑을 할 때는 확신이 필요합니다. 결혼이라는 중요한 문제 앞에서도 진지하지 못한
당신의 태도 때문에 그 사람은 미래에 대한 불안감을 갖게 될지도 모르니까요. 당장
의 해답이 결혼이 아닐지라도, 함께할 수 있다는 믿음과 확신은 반드시 줄 수 있어야
겠죠.

BGM 축가 - 김연우

## 내 마음이 왜 이렇게 엉켜버린 걸까?

2002년, 온 나라가 월드컵 열기로 떠들썩했을 때
저는 첫사랑과의 이별과 더불어 취업에도 실패한 공무원 준비생이었습니다.
졸업은 했지만, 매일 학교 도서관에서 시험 준비를 하고 있었죠.
학교를 다니기 위해 시골에서 도시로 나와 있었던 저에게,
아는 사람이라곤 오로지 대학 친구들뿐이었습니다.
하지만 다들 졸업한 데다, 4년간 만나온 애인마저 떠나버리고 나니
그 무렵의 저는 완전히 혼자가 된 듯한 느낌이었죠.
공부하고, 밥 먹고... 이 모든 것을 혼자 하는 기분, 정말 우울했습니다.

그날도 저는 학생 식당에서 혼자 점심을 먹고 있었습니다.
일부러 붐비는 시간을 피해 왔건만, 식당 안 대형 TV에서는
축구 중계를 하고 있어 여전히 사람들로 들끓고 있었죠.
텅 빈 테이블에 혼자 앉아 밥을 먹고 있는데,
제 앞자리에 세 남자가 앉았습니다.
'아니... 다른 빈자리도 있는데, 왜 하필 여기 앉는 거야...'

좀 짜증이 났지만, 그대로 고개를 돌려 묵묵히 밥을 먹었습니다.
그런데 그중 한 명이 "저기요, 혹시 저 본 적 있으시죠?"라며
말을 거는 겁니다.
자세히 보니, 그는 제가 자주 가는 편의점 아르바이트생이었습니다.
집과 가까운 데 있던 편의점에서 그 사람을 본 기억이 났습니다.
밥을 먹는 동안 그는 왜 혼자 먹냐, 몇 학번이냐 등등 많은 질문을 해댔고,
저는 불편한 마음에 밥을 먹는 둥 마는 둥 하고 자리에서 일어났습니다.

며칠 후, 편의점에서 그를 다시 만났는데
그때마다 그는 친한 척을 하며 말을 걸어왔습니다.
"왜 밥 안 먹고 이런 과자만 사 먹어요? 오늘은 도서관 안 가요?"
처음엔 그런 관심이 좀 부담스러웠지만,
외로운 마음이 컸던 저는 점점 맘속의 벽을 허물게 되었습니다.
그렇게 몇 번의 만남 끝에, 그는 경영학과 학생이고
저보다 한 학번 선배라는 걸 알게 되었고
서로 친구처럼 지내기로 하고 연락처를 주고받았습니다.
그리고 며칠 후, 도서관에 있는데 그 사람에게서 문자가 왔습니다.
'오늘도 혼자 점심 먹을 거예요? 나도 오늘은 혼잔데 학교 앞으로 나올래요?
같이 밥 먹으면 좋겠는데...'

혼자 밥 먹는 데 이골이 난 저는 잘됐다 싶어 그를 만나러 나갔죠.
약속 장소에 나갔더니, 그 사람이 일찌감치 나와서 기다리고 있더군요.
오며 가며 마주치긴 했어도, 제대로 만난 적은 한 번도 없었기에
처음엔 너무 어색했습니다. 그렇게 식사를 마치고 돌아오는 길,
비가 온 뒤라 곳곳이 물웅덩이었습니다.
그런데 이 남자, 차들이 지나가며 제게 물을 튀길까봐
자리를 바꿔 걷기 시작했습니다.
그런 세심한 배려에 그 사람이 멋있어 보이기까지 했죠.
그날 이후, 우리는 서로의 마음에 조금씩 다가섰습니다.

다시 사랑을 시작한다는 것이 좀 겁이 났지만,
그 사람이라면 괜찮을 것 같았습니다.
그 후 우리는 학교 도서관에서 함께 공부하며, 매일매일을 함께했습니다.
그 사람은 언제나 넓은 마음으로 저를 배려해줬고,
가끔씩 지난 사랑의 상처로 아파하는 저를 볼 때도
아무 말 없이 안아주었습니다.

그렇게 시간은 흘러, 그는 대기업에 취직했지만
저는 여전히 도서관을 벗어나지 못하고 있었습니다.
든든한 보호막 같았던 그가 학교를 떠나자
또다시 혼자가 되어, 불안해지기 시작했죠.
'혹시 이 사람도 나를 떠나지는 않을까? 또다시 상처 받으면 어쩌지...
아... 나는 언제쯤 이 지겨운 시험에 붙을 수 있을까, 아, 답답해...'
그럴수록 남자친구에게 자꾸 투정만 부리게 되고
점점 신경질적으로 변해갔죠.

그렇게 우린 매일같이 다퉜습니다.
저는 이 모든 것들이, 우리 상황이 변함과 동시에
그의 마음이 변해서 그런 거라고 오해했고,
제가 잡으려 할수록 점점 멀어져 가는 그 사람 때문에
너무 힘들었습니다.
그러다 결국 그 사람 입에서 먼저 헤어지잔 얘기가 나왔죠.
"우리... 이제 그만 하자... 너도 힘들겠지만 나도 정말 힘들어...
열심히 공부해서 시험 꼭 합격하구... 더 좋은 사람 만나..."

 러브, ♥ 게임의 법칙

사랑은 억지로 잡으려고 하면 할수록, 더 멀리 달아납니다. 상처 받을까봐 두려워서
사랑을 움켜쥐려고만 한다면 그 사람은, 당신 곁에 있는 것조차 버겁게 느끼겠죠.

# 해피엔딩을 바라고 있니?

눈이 많이 내리던 2년 전 어느 밤.
밤 11시가 넘은 시각, 그 사람이 전화를 걸어왔습니다.
"난데... 나 눈길에 넘어져서 응급실에 와 있어. 혹시... 와줄 수 있어?"
허리를 삐끗해서, 움직일 수가 없다는 그를 위해
저는 눈길을 뚫고 병원으로 달려갔습니다.
운전하는 내내, 나 스스로 한심하단 생각을 안 한 건 아니었습니다.
'내가... 애인도 아닌데 왜 이렇게까지 해야 하는 거지...
그 사람은 왜 나를 부른 거지...? 아, 모르겠다...
일단 아픈 사람 먼저 생각하자!'

제가 그렇게 고민했던 건, 다 이유가 있었습니다.
그때가 우리 둘이 만난 지 벌써 1년이나 지난 때였지만
우리 사이는 여전히, 뭐라 단정할 수 없는 애매모호한 관계였으니까요.
그래도 그를 사랑하기에, 그를 간호하며
그날 밤을 병원에서 지새웠고, 다음 날 바로 회사로 출근했습니다.

우리가 처음 알게 된 것도 일 때문이었습니다.
거래처 직원이었던 그와 회식 자리에서 친해지고 난 뒤,
그가 먼저 제게 데이트 신청을 했고...
우리는 주말이면 개봉 영화를 챙겨 보거나
함께 맛있는 걸 먹으러 다니며 정말 연인처럼 지냈죠.

그런데 날이 갈수록 이 남자, 애인인 듯하면서도 아닌 척 굴더군요.
느낌이란 게 있잖아요.
함께 있으면 왠지 거리감이 느껴지고, 낯선 기분이 들곤 했습니다.
우리 나이에 꼭 사귀잔 말을 해야 사귀는 건가, 싶으면서도
그 찜찜한 기분을 떨쳐내는 건 힘들었죠.
게다가 그 사람은 친하게 지내는 여자 선후배도 많았고,
저랑 있을 때도 편하게 그들과 통화하며
만날 약속을 잡기도 했으니까요.

그러던 어느 날, 그가 저를 어떻게 생각하는지
결정적으로 깨닫게 된 계기가 있었습니다.
"나 주말에 일본으로 여행 가. 로밍은 안 해가려고. 잘 지내고 있어라."
내가 그 주에 휴가라는 걸 뻔히 아는 사람인데,
그렇게 자기 혼자 여행을 간다고 하니, 좀 서운했습니다.
그래도 화를 꾹 참고 누구랑 가느냐고 물었더니,
"내가 그걸 꼭 얘기해야 되니? 그냥 친구들이랑 가. 쉴 겸..."
마치 우리 사이에 왜 그런 걸 묻냐는 식의 그의 대답...
마음 한 곳을 도려낸 것처럼 아팠습니다.

여행에서 돌아온 그를 붙잡고,
그가 떠나 있던 며칠 동안 제가 고민했던 것들을 털어놨죠.
"난 누구 사귈 준비가 안 된 사람이야. 난 그냥 친구처럼...
너랑 잘 통하고 그러니까 자주 만났던 건데...

휴... 이게 내 문제 같다. 미안해..."

사귈 준비가 안 돼 있다니...
그럼 도대체 준비가 된 사람은 어떤 사람이냐고 따지고,
이렇게 어장 관리 당하는 기분 너무 싫다, 그만두자!
딱 부러지게 얘기했으면 좋았겠지만...
저는 그럴 수가 없었습니다.
그 사람을 못 만나는 것보다는, 이렇게라도 계속 만나고 싶었으니까요.

그 후로 계속 이런 관계가 이어진 지도 1년...
눈길에 넘어졌다는 그의 전화를 받고,
병원으로 가는 길에 친한 친구에게 전화를 걸었습니다.
"뭐? 너 지금, 그 남자 병간호하러 가는 길이라고? 너 미쳤냐?
앞으로도 너를 애인이라고 절대 인정 안 할 사람이야. 그만 해라, 좀.
나쁜 남자 말고 이제 좀 정상적인 사람 만나!"
늘 들어오던 잔소리인데,
그날따라 왜 그렇게 아프게 들리고, 스스로가 한심하게 느껴지던지...
저는 그날 밤을 꼬박 새우고 고민한 끝에
결국 그에게 헤어지자고 말했습니다.

러브, ♥ 게임의 법칙

아무리 노력해도 잡히지 않는 사랑이라면, 되도록 빨리 놓아버리세요. 길게 끌고 갈
수록, 상처 받고 지칠 뿐... 당신에게 남는 건 아무것도 없으니까요. 그의 옆에 있어
도, 결코 해피엔딩이 될 수 없으리란 것... 누구보다 스스로가 제일 잘 알고 있지 않
나요?

BGM 유자차 - 브로콜리 너마저

# 보고 싶었어요, 잘 가요...

한 10년쯤 되었을까.
대학교 인문관 앞을 지날 때면 늘 그 앞에 앉아서 친구들과
수다를 떨고 있는 여학생이 유난히 눈에 띄었습니다.
이리저리 수소문해보니, 그녀는 국문과 3학년생.
그때 저는 복학생이었고, 후배들이 모두 아저씨라고 부를 만큼
세련된 모습이라곤 찾아볼 수가 없었죠.
외모에는 자신 없었지만, 그녀를 놓치고 싶진 않았기에
몇 달 만에 고백을 했습니다.
"저기요, 몇 개월간 지켜봤는데, 한 번만 만나줄 수 있어요?"

그녀는 생각보다 흔쾌히 저와의 만남을 허락했고,
한 번의 만남은 두 번 세 번으로 이어져,
드디어 우리는 사귀게 되었습니다.
그녀와 만나는 1년 반 동안, 정말 더없이 행복했습니다.

하지만 4학년이 되자, 공부 욕심이 많던 그녀는
유학을 가겠다고 했습니다.
"나... 한 달 뒤에 유학 가. 갑자기 그렇게 됐어.
나는 오빠가 아무리 붙잡더라도 꼭 가고 싶어.
아니, 갈 거야... 이해해줘. 미안해."
그 얘기를 듣고 저는 곧바로 그녀에게 헤어지자고 했습니다.
4년이나 걸린다는 공부... 단 한마디 상의도 없이,
그저 날짜가 잡혔다고 통보만 하는 그녀가 너무 미웠거든요.
졸업하면 바로 그녀와 결혼해야겠다고
마음을 먹었던 무렵이기도 했습니다.

"그래, 공부가 중요하겠지. 근데 나는 뭐냐?
미리 상의하면 내가 너 붙잡고 늘어질까봐 말 못했어?
그렇게 내가 하찮냐? 우린, 아닌 것 같다."
그녀에게 모진 말이란 말은 다 뱉어놓고 일방적으로 연락을 끊어버렸습니다.
원래 제가 보수적인 성격인 데다, 그때는 무슨 자존심이 그렇게 셌는지...
게다가 저는 '남자가 한번 말을 뱉었으면 지켜야 한다!' 싶었거든요.
그렇게 우리는 남이 되었습니다.

그리고 많은 세월이 흘러, 저는 지금 서른여섯 노총각이 되었고
오로지 일과 집밖에 모르며 살고 있네요.
물론 그동안 연애를 한 적도 있지만, 결혼 얘기까지 오간 적은 없었습니다.
참 뻔한 얘기 같지만, 그녀만큼 제 마음을
다 주고 싶었던 사람은 없었거든요.

그런데 지난 주말, 백화점에서 그녀를 봤습니다.
10여 년 만에 본 거였지만, 한눈에 알아볼 수 있었죠.
신랑인 듯한 남자와 딸아이의 손을 잡고 사이좋게 걸어가고 있는 모습,
그녀가 틀림없었습니다.

'유학 갔다가 만난 남자랑 결혼했다더니, 저 사람인가보네.
딸이 엄마랑 똑같이 생겼구나.'

그녀가 저를 보면, 난처해할까봐...
혼자 쇼핑백을 들고 돌아다니는 제가 초라해 보일까봐...
얼른 그 자리를 피해 나오면서, 저도 모르게 웃음이 나더군요.
그녀가 행복해 보여서 웃고,
저도 이젠 그녀를 완전히 잊고 새로운 사랑을 할 수 있겠구나 싶어서
또 웃었습니다.

사랑하는 여자 하나 붙잡지 못하고 후회하며 사는
못난 놈이라고 자책하며 살았던 세월이 있었지만,
지금은 거짓말처럼 홀가분해졌네요.

 러브, ♥ 게임의 법칙

떠나간 사람과 다시 만날 수 있다는 일말의 기대감이 사라지는 순간, 우리는 새로운
시작을 예감합니다. 사랑하고 잊기까지 너무 많은 시간이 걸린 당신, 옛사랑을 떠올
리며 씨익, 웃어 보일 수 있다면 이제는 훌훌 털고 일어날 때가 된 겁니다.

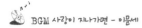 BGM 사랑이 지나가면 - 이문세

## 진짜 너를 보여줘

친구가 주선한 소개팅 자리,
저를 위해 버스 정류장에 미리 나와 있던 그 남자의 첫인상을 보고
솔직히 좀 실망했습니다.
소개팅에 야구 모자를 푹 눌러쓰고,
트레이닝 바지를 입고 나온 그 성의 없음이란!
게다가 보자마자, 딱히 별말도 없이 고개만 까딱하는 모습도 맘에 안 들었죠.
친구가 만나기 전에 설명해줬던 "좋은 인상"과는 달라도 너무 달라서,
별로 호감이 생기질 않았습니다.
너무나 무뚝뚝한 성격을 가진 그가 영 불편하기만 했죠.

그렇게 어색한 소개팅이 겨우 끝났는데
그가 나서서, 굳이 집까지 데려다주겠다고 했습니다.
역시나 어색하게 대화를 나누며 집 앞까지 왔고,
그에게 고맙다는 인사를 건넸습니다.
"고마워요. 그럼 들어갈게. 가세요~"

"그래, 문자 할게. 잘 들어가."

그런데 집에 들어간 지 얼마 되지 않아
이 남자, 집 앞으로 잠깐 나와달라는 전화를 걸어왔습니다.
"어? 아직 집에 안 갔어요? 어, 지금 좀 그런데... 아니... 일단 나갈게요."
주섬주섬 다시 옷을 입고 버스 정류장으로 나갔더니
그가 수줍어하며, 주머니에서 작은 토끼 인형을 건네주었습니다.
"버스 기다리다 인형 뽑기 했는데, 너한테 당장 주고 싶어서 다시 왔어.
자, 받아. 늦었는데 불러내서 미안. 어서 들어가! 나도 갈게."
그러고는 서둘러 가는 그의 뒷모습을 보고 있자니,
마음이 짠한 게, 뭔가... 느낌이 왔습니다.
"치, 아깐 그렇게 말도 없더니... 생각보다 귀엽네~"

그날 이후, 우리는 종종 만나 데이트를 했습니다.
알면 알수록 괜찮은 이 남자를 저도 모르는 사이, 좋아하게 돼버렸죠.
그리고 만난 지 3개월쯤 지났을 무렵,
그가 먼저 고백을 해왔습니다.
"처음 만난 날... 버스 정류장에서... 첫눈에 반했어.
그땐 너무 떨려서 말도 제대로 못했다. 많이 좋아해. 우리 사귀자."

그 사람은 제 운동화 끈이 풀리면 무릎을 꿇고 앉아 묶어주고,
갑작스레 꽃다발을 선물하기도 하는, 로맨틱한 남자친구였습니다.
그동안 한 번도 누굴 사귀어본 적도, 사랑해본 적도 없던 제게...
그는 너무나 멋진 첫사랑이었습니다.
나란히 앉아 있으면, 숨을 고르게 쉬지 못할 정도로 떨렸죠.

하지만 연애 초짜였던 저는...
그에게 좋은 모습만 보이고 싶은 맘에 자꾸만 제 자신을 포장했고,
그러면서 조금씩 우리 사이에는 벽이 생겨났습니다.

시간이 갈수록, 둘 사이에 편안함이라고는 조금도 없었죠.
편안함은커녕 괜히 그의 눈치를 보느라, 잔뜩 주눅 든 행동만 했습니다.
처음 만났을 때의 솔직함과 자신감은 모두 사라지고 없었습니다.
이런 저 때문에 그의 마음도 점점 멀어지는 걸 느꼈지만,
애써 모른 척하고 있었는데...
그런데... 어느 날 새벽, 그에게서 전화가 왔습니다.
"미안하다... 정말 미안해... 미안해... 우리 헤어지자..."

심장이 쿵 내려앉았지만, 진작부터 그의 마음이 떠난 걸
알고 있었기에 그냥 덤덤히 받아들였습니다.
"그래... 그러자..."

그렇게 헤어진 뒤 며칠 동안은 매일 밤마다 울고 너무 힘들었지만,
시간이 약이라는 말이 정말 맞는지
한 달, 6개월... 1년쯤 지나자...
이제는 그를 생각해도 가슴이 먹먹하지 않았습니다.

하지만 그와 다시 만나겠지... 하는 기대는 늘 품고 있었는데,
어느 날, 길에서 우연히 그를 보게 되었습니다.
오랜만에 보는 그의 곁에는 새 여자친구가 서 있었죠.
그제야 우린 정말, 끝이라는 걸 깨달았네요.

 러브, ♥ 게임의 법칙

사랑을 오래 유지하는 가장 좋은 방법은 서로에게 솔직한 모습을 보여주는 것입니다.
그에게 좋은 모습만 보이고 싶은 욕심에 만들어진 가짜 모습만 보여준다면, 그 사랑
도 가짜가 되어버릴 수 있으니까요.

## 괜찮아... 열심히 사랑했으니까...

그 사람은 저보다 두 살이 어렸습니다.
제가 고등학생, 그가 중학생일 때 같은 교회를 다니며 알게 된 사이죠.
항상 밝고, 무엇보다 저를 잘 챙겨주는 모습에 마음을 열게 됐습니다.

그렇게 우린 스물, 열여덟... 어린 나이에 서툰 연애를 시작했습니다.
그땐 둘 다 학생 신분이었으니, 무슨 돈이 있었겠어요.
매일 길거리 떡볶이만 사 먹고,
공원 데이트만 해도 마냥 즐겁고 행복했습니다.
다만 제 친구들의 생일날, 남자친구가 멋진 차를 타고 와서
꽃다발을 안겨주거나 비싼 선물을 자랑할 때마다
조금씩 쓸쓸해지는 마음은 감출 수가 없었죠.
그래도 정말 많이 사랑했기에, 그쯤은 괜찮았습니다.

하지만 시간이 흘러, 제가 전문대를 졸업해 취직을 하고
그가 4년제 대학에 다니면서 우리 사이는 삐걱거리기 시작했습니다.

뻔한 삼류 스토리처럼...
제 앞에 훨씬 부유하고 조건 좋은 남자가 나타났거든요.
이제 떡볶이, 라면, 이런 분식은 너무 지겨워졌고,
걷는 것보단 자가용 타고 다니는 게 좋아지기 시작했죠.

처음엔 그냥 '아는 오빠'로 시작된 그 남자는
제게 애인이 있는 건 알면서도 정말 잘해줬습니다.
솔직히 그 사람이 좋았다기보다는,
그전까지 누리지 못했던 것들이 좋았던 거겠죠.
비싸고 맛있는 걸 먹고, 편하게 차로 데리러 오고, 데려다주는
그런 사치가 말입니다.

그렇다고 그 사람을 정말 좋아하게 된 것도, 사귀는 것도 아니었지만
그냥 지금 제 곁에 있는 남자친구와 비교가 돼서 견딜 수가 없었습니다.
'아... 너 정말 이런 애였니? 사람이 이렇게 변할 수가 있니...?'
머리로는 그러면 안 된다는 걸 알면서도 그에게 짜증도 많이 냈죠.
"나 이렇게 만나는 거 너무 지겨워.
너 언제 졸업하고 취직하고 자리 잡겠어...?
우리 관계... 잘 생각해보자..."
그럴 때마다 그는 화를 내기는커녕 계속 붙잡기만 했습니다.
"미안해, 내가 너무 부족해서... 근데 조금만 기다려주면 안 될까?"

그렇게 저는 몇 번이나 이별을 통보하고, 그는 매달리고...
이런 악순환이 계속되다가 우리는 결국 헤어지게 되었습니다.
"미안해... 그런데 정말 안 되겠다... 내 마음이 예전 같지 않아..."

그와 헤어지고 난 뒤, 몇 년간 소개팅도 해보고
다른 사람도 만나봤지만, 이상하게도...
돈으로 치장한 만남들이 점점 지겨워지더군요.

그 사람과 함께했을 때의 순수함이나 설렘 따위는 없었죠.

그리고 또 많은 시간이 흘러
저를 많이 아껴주는 평범한 남자와 결혼을 했습니다.
가끔 그 사람과의 순수했던 사랑이 생각났지만
이미 너무 늦었기에, 그도 저를 잊었을 거라 믿으며
애써 덮어두고 살았습니다.

그러다 결혼 후 1년쯤 지났을 때, 그로부터 메일이 온 겁니다.
'잘 지내지? 너를 생각하면 늘 미안한 마음뿐이다.
사랑해... 영원히 사랑할 거다.'
회사에서 그 메일을 읽어내려가는데... 왈칵 눈물이 쏟아졌습니다.
'헤어진 지 7년이 지났는데도, 그는 아직도 나를 잊지 않았구나...'

7년 전 독하게 마음먹었던 그날,
헤어지자고 그의 눈앞에서 대문을 쾅 닫아버렸을 때
대문 밖에 우두커니 몇 시간이고 서 있던 그 사람...
대문 안에서 소리 없이 울던 나...
그때는 많이 젊고, 어렸던 우리 모습이 생각나서 가슴이 아렸습니다.

너무 미안했고, 고마웠습니다.

 러브, ♥ 게잉의 법칙

지나간 사랑 앞에서 더이상 울거나 아파하지 마세요. 그 사람도, 당신도 최선을 다해
사랑했습니다. 이제 남은 것은 각자의 인생을 멋지게, 행복하게 살아가는 것뿐이겠
죠. 지금처럼... 그렇게.
BGM 날 그만 잊어요 - 거미

# 때로는
## 부딪히기도 하고,
#03.세번째 이야기

# 숨길 수 없는 것, 사랑

대학 시절, 짝사랑하는 동아리 선배가 있었습니다.
평소에는 말도 잘하고 친구들이랑 수다도 잘 떨면서,
그 선배 앞에만 서면 왜 그렇게 머릿속이 하얘지던지...
친구들은 이런 저를 지켜보며 정말 답답해했습니다.
"야야~ 그냥 좋아한다고 고백해버려라!"
"그래! 그렇게 말도 못하고 있다가
너 분명히 후회한다! 빨리 해버려!"

하지만 저는 여전히 겁쟁이였습니다.
고백했다가 거절당할까봐 두려웠죠.

그러던 어느 날, 선배가 자판기에서 커피를 뽑고 있는 겁니다.
저는 최대한 자연스럽게 말을 걸어보겠다 결심하고,
그의 곁으로 다가갔습니다.
"선배, 저도 커피 한 잔 뽑아주세요. 요즘 니코틴이 부족한가 봐요~"

"인마! 너 담배 피우냐? 여자애가 몸에도 안 좋은 걸,
왜 피우고 그래? 끊어라~"
선배는 이렇게 자기 할 말만 하고는 바람같이 가버렸고,
저는 그 자리에 얼어붙어버렸습니다.
카페인이라고 해야 할 것을, 너무 긴장한 탓에
그만 니코틴이라고 해버린 거죠.
그렇다고 굳이 선배를 쫓아가서 뭐라 변명하는 것도 웃기고,
그저 스스로를 원망할 수밖에 없었습니다.
'으이그, 나 왜 이러니... 못났다, 못났어!'

니코틴 사건 이후, 계속 피해 다니느라 몇 달 만에 선배를 만났는데
친구랑 이런 통화를 하고 있었습니다.
"그래, 10분 안에 간다니까.
후문으로 가면 금방 가니까 조금만 기다려."
어? 분명히 후문은 지금 공사중이라 통행 금지라고 했는데?
선배가 그쪽으로 갔다가 허탕치고 올까봐,
저는 또 급히 말을 걸었습니다.
"선배! 후문으로 가시게요? 지금 후문 공사해서 못 가요.
리모콘 차들이 막 왔다 갔다 해요."
"뭐? 리모콘 차? 혹시, 레미콘 차 말하는 거야?"

그 사람 앞에만 서면 바보가 되는 나...
제 얼굴은 빨갛게 달아올랐습니다.
아무 말도 못하고 바짝 얼어 있는 저를 보면서
그 사람이 갑자기 웃기 시작했습니다.
"이 녀석아! 나랑 얘기하는 게 그렇게 떨려?
나도... 니가 좋은데...
실은 네 친구들이 진작부터 얘기해줬어.
그 얘기 듣고 나도 너를 계속 지켜봤는데,

엉뚱한 게 너무 귀엽더라."

그날을 계기로 우리는 사귀기 시작했고
학교에서 이름 난 닭살 커플이 되었죠.

많은 세월이 지난 지금,
그 선배와 저는 부부라는 이름으로 함께 살고 있답니다.
그런데 요즘도 신랑을 보면 떨리는지
그 앞에서 키친타월을 치킨타월이라고 말하곤 하죠.

러브, ♥ 게임의 법칙

누군가의 앞에만 서면 가슴이 떨리고, 나도 모르게 말이 꼬이는 것, 그건 그 사람을
사랑한다는 증거입니다. 당신의 가슴을 유난히 떨리게 하는 사람이 있다면 망설이지
말고 고백하세요. 혹시 알아요? 당신의 어설픈 말실수까지도 사랑스럽게 봐주는 진
짜 인연일 수도 있답니다.

BGM 그 바보 - 박정현

## 사실은 나...

내 나이, 서른하나. 적극적이신 엄마 덕분에
그동안 못해도 50번쯤 선을 본 저는 슬슬 지쳐가고 있었습니다.
그즈음, 초등학교 동창 녀석이 소개팅을 해주겠다고 연락을 해왔죠.
자기 신랑 회사 후배라는데 성격이 정말 진국인 데다
착하고 성실하다면서, 외모 얘기는 쏙 빼놓더라구요.
"아, 그 남자 외모? 어? 좀 산적 같긴 한데... 어...
근데 남자 외모가 무슨 상관이니? 내가 살아보니까, 남자 외모 별거 아니다~
그 사람 진짜 진국이야. 내가 보장할게... 한번 만나나봐... 괜찮을 거야!"

사실 약간 산. 적. 같. 이. 생겼다는 말에 신경이 쓰였지만,
엄마가 해주는 '선 자리'처럼 격식 차리는 어려운 자리가 아니라
가벼운 마음으로 승낙했습니다.
며칠 뒤, 낯선 번호의 전화가 걸려왔죠.
"저, 미애 씨 친구 은주 씨죠? 저는 소개받기로 한 오근섭입니다!"
유난히 당당하고 씩씩한 말투의 그 남자와

바로 주말에 만나기로 약속을 했습니다.

드디어 소개팅 날!
친구의 설명과는 전혀 다른 남자가 나와 있었습니다.
산적 같은 외모도 아니고, 웬 멀끔하게 생긴 남자가
멋진 양복 차림으로 앉아 있었거든요.
'에이... 괜히 걱정했네~ 생각보다 훨씬 괜찮은데! 히히.'
게다가 이 남자, 정말 진국이었습니다!
저랑 생각하는 것도 비슷하고,
무엇보다 저를 무척 배려해준다는 느낌을 받았거든요.

그런데 몇 번 만나면서 이 사람에게서 약간 이상한 점을 발견했습니다.
유니폼을 입고 일하는 그의 직업 특성상,
퇴근 무렵엔 항상 샤워를 하고 나오는데
그 시간이 길어도 엄청 길다는 거였죠!
"근데 있잖아요, 나 뭐 하나 물어봐도 돼요?
오빠는 무슨 샤워를 그렇게 오래 해요? 여자들도 15분이면
충분한데 꼭 한 시간씩 걸리고... 혹시 결벽증 아니죠?"
하루는 이렇게 대놓고 물어봤더니 약간 당황하는 겁니다.

"그냥 너한테 깔끔하게 보이고 싶어서 그런 거지, 결벽증은 무슨! 농담도~"
이러면서 어색한 웃음을 지어 보이는 이 남자, 은근히 귀엽더라구요.
저는 그를 더 놀리고 싶어졌습니다.
"에~ 정말? 근데 가까이서 보니까 오빠, 수염이 참 많으시네요.
혹시 오빠 가슴에도 털 난 거 아니죠? 난 털 많은 사람 별로 안 좋아하거든요.
처음에 오빠가 산적같이 생겼다고 해서 내가 얼마나 놀랐는데요~
털 많은 사람일까봐! 근데 그 정돈 아닌 거 같네 뭐. 히히."
"어, 그럼. 아니지~ 오늘은 너무 바빠서 면도를 제대로 안 했더니
수염이 좀 많아 보이나 보네, 하하하."

그러면서 볼이 발그레해지는데, 어찌나 귀엽던지!
저는 그를 점점 더 좋아하게 되었습니다.

그리고 많은 시간이 흐른 뒤, 저는 그에게서 기다리던 고백을 받았습니다.
"난 니가 참 좋아. 나 믿고... 따라와줄 수 있니?
근데... 그전에 너한테 미리 양해를 구할 말이 있어...
이것 때문에, 나를 싫어한다고 해도 이해해."

응...?
그 짧은 순간, 저는 별별 생각을 다 했습니다.
'설마 숨겨둔 빚이 있나? 아님 말 못할 가족간의 비밀? 여자 문제?'
하지만 그의 입에서 흘러나온 고백은 전혀 의외였죠!
"사실은 나... 가슴에 털이 있어... 속이려고 한 건 아닌데
니가 털 많은 남자 싫다고 해서... 어쩔 수 없이 거짓말했어.
미안해... 니가 원하면, 다 밀어버릴게!"

그렇습니다! 이 남자는 워낙 몸에 털이 많은 사람인데,
제가 털 많은 사람을 싫어한다는 말에
매번 만나기 직전에 20~30분씩 면도하느라 늦게 나왔던 거죠.
그리고 제 앞에서 가슴팍을 요만큼이라도 들킬까봐
더운데도 만날 셔츠 단추를 한 개 이상 풀지 못했던 겁니다.
"뭐라고요? 푸하하! 다른 사람은 몰라도... 오빠 털은... 괜찮아요.
우리 오빠처럼 섹시한 털 가진 사람이 있으면 나와보라고 해요~"

 러브, ♥ 게임의 법칙

사랑은, 우리가 평생을 갖고 산 고정관념과 선입견도 없앨 만큼 대단한 힘을 가졌답
니다. 당신이 가진 수많은 선입견과 이상형의 조건도 사랑하는 그 사람의 매력 앞에
선 속수무책일걸요?

# 나를 믿고 따라와줄래?

7년 전 봄, 솔로 생활 3년째 되던 날.
친구가 주선한 소개팅에서,
정말 오랜만에 괜찮은 남자를 만났습니다.
서로 호감을 느꼈기에, 한 달 가까이 만났는데...
제가 슬며시 맘을 열 즈음, 이 남자
일방적으로 연락을 끊더군요.
정식으로 사귀다 헤어진 사이는 아니니, 그리 속상할 건 없었지만
불현듯 이대로 노처녀로 늙는 건 아닐까 하는 생각에
많이 서러웠습니다.

게다가 동생은 1년 전에 결혼해서
임신까지 한 상황이라 위기감은 더했죠.
너무 우울한 나머지 제부에게 연락을 했습니다.
"제부, 나 너무 우울해요. 술 한잔하죠?"
동생은 술을 못 마시고, 제부는 워낙 술을 좋아해서

술 좋아하는 저와 제부는 종종 술 한 잔씩 기울이며
격의 없이 지내곤 했거든요.
그런데 그날따라 왜 이리 술이 달큰하게 잘 넘어가던지,
좀 오바를 하며 마셨습니다.

제부도 노처녀 처형이 그러고 있는 게 안쓰러웠는지
애인 생기기 전까지 운동이나 같이 하자고 제안했습니다.
그때 한창 인라인스케이트가 유행이어서,
한번 배워보고 싶다고 했더니
제부의 남동생이 잘 탄다며 주말에 만나서 배워보자고 하더군요.
"처형, 우울하다고 이렇게 술 마시지 말고
운동 좀 해봐요. 내가 도와줄게!"

그 주 토요일, 약속 장소에 나갔는데
멀리서 자전거를 타고 사돈총각이 나타났습니다.
동생 결혼식 때 잠깐 보긴 했지만, 워낙 경황이 없는 자리여서
사실 얼굴도 가물가물했었죠.
그런데 가까이서 본 그의 첫인상이 어찌나 괜찮던지!
'히야~ 사돈총각이 이렇게 훈남이었나?
사돈만 아님... 아! 아쉽다...'

이런 흑심을 숨긴 채, 인라인스케이트 배우기에 열중했습니다.
하지만 다행인지 불행인지!
어려운 사돈지간이긴 했지만, 우리 둘 다 젊은 나이인 데다
운동하며 만난 사이라 그런지... 정말 급속도로 가까워졌습니다.
젊은 남녀가, 은근히 스킨십이 많은 운동을 하며 만나는데
묘한 감정이 안 생기면 그게 더 이상한 거겠죠.

결국 몇 번의 만남 이후,

사돈총각은 어느새 제 가슴에 떡하니 자리 잡아버렸습니다.
'아휴~ 내가 미쳤지, 동생한테도 말 못하겠고. 난 몰라~'
저는 혼자 가슴앓이를 하면서 힘들어했습니다.


그렇게 만난 지 여섯 번째 되던 날!
저는 운동보다는 이 남자와 술을 한잔하고 싶었습니다.
"사돈! 우리 내기할래요?
저 벤치까지 시합해서 이기는 사람이 술값 내기!"
그도 바로 수락했고, 내기 시합의 결과는?
저의 승리였습니다!
그렇게 만들어진 술자리에서,
저는 용기를 내기 위해 빠르게 술잔을 들이켰죠!
그리고 아주 용감하게, 사귀자고 고백을 했습니다.
"하하하... 그럴까요? 우리 사돈처녀 취했네~ 이제 그만 일어나죠."
저는 정말 어렵게 고백한 건데,
그 사람은 농담으로 얼버무리더군요...


그렇게 제 사랑 고백은 어정쩡하게 끝이 났고,
다시는 그의 얼굴을 볼 용기가 나지 않아 운동도 그만두었습니다.
그렇게 한 달여쯤 지난 어느 밤!
자정이 다 된 시각에, 술에 잔뜩 취한
사돈총각에게 전화가 걸려왔습니다.
"저기... 사실은 나도 너 좋아하는데 우리 안 되는 거잖아...
그냥 가슴에 담아두지... 왜 말을 해서 이렇게 괴롭게 하니..."
울먹이는 그의 고백을 듣고 있자니,
제 눈에서도 뚝뚝, 눈물이 떨어졌습니다.


저는 오늘이 지나면 정말 끝일 것 같은 예감에
그 밤, 무작정 그를 만나러 나갔습니다.

"사돈총각! 내가 그동안 좀 알아봤는데
겹사돈이 법적으로는 아무 문제 없던데요...
범법 행위도 아닌데, 왜 안 된다는 거예요?
나 이래 봬도 꽤 능력 있는 여잔데, 나 놓치면 후회할 거예요.
나 믿고 따라와볼래요?"

여잔데도, 이렇게 당당하게 얘기하는 제가
믿음직해 보였기 때문일까요?
그는 저를 힘껏 껴안아주었습니다.
"그래! 우리 한번 가보자!"
그리고 우린, 3년 연애 끝에 결혼을 했죠.

러브, ♥ 게임의 법칙

사랑에는 나이도, 국경도 없습니다. 그저, 용기와 믿음만 있을 뿐이죠. 어렵게 찾아온
사랑을 온전히 '내 것'으로 만들려면 무모하다 싶을 정도의 용기가 필요합니다. 당신
의 무모한 사랑이, 망설이는 그 사람의 마음을 붙잡아줄 테니까요.

# 속도위반, 내 사랑!

2년 전 늦가을, 친구가 갑자기 소개팅을 하라며 연락을 해왔습니다.
"일단 만나봐. 그 사람, 캐나다에서 유학중인데 곧 들어올 거래.
내가 너 꼭 소개해주고 싶어서 그래. 어, 생긴 거? 성시경... 좀 닮았어."
어... 성시경?
많은 여자들이 좋아하는 멋진 남자지만
사실 저는 별로 안 좋아하는 스타일이라
그와 닮았다는 말을 들으니, 그다지 내키지 않았습니다.
하지만 옆구리도 시려오고, 친구의 얘기도 있고 해서 그와 만나기로 했죠.

드디어 약속 날!
너무 기대를 안 해서인지, 그의 외모는 무척 호감형이더라구요.
키도 크고, 역삼각형 몸매에, 지적인 이미지가
나름 괜찮다는 생각이 들었죠.
하지만 두 번째 만났을 때, 그의 호감도는 확~ 떨어지고 말았습니다.
제 앞에서 긴장한 나머지, 매사에 쩔쩔매고 눈치 보느라 어쩔 줄 몰라 하는 모습이 좀 실망스러웠거든요.
당차게 리드하는 남자를 좋아했던 저는
한두 번 더 만나보고 슬슬 정리해야겠구나 생각했습니다.

그렇게 세 번째 만난 날, 함께 심야 영화를 보고 나오니
12시가 좀 넘었고, 그 순간 느닷없이
일출이 너무 보고 싶어지는 겁니다.
사실 그즈음에 항상 일출을 보러 가고 싶다는 생각은 했지만
같이 갈 사람이 없어서 그냥 단념한 적이 많았거든요.
그래서 저는 즉흥적으로 그에게 정동진에 가지 않겠냐고 제안을 했습니다.
"일출이요? 그래요! 지금 출발하면 얼추 시간이 맞겠네요. 갑시다!"

솔직히 그땐 그를 좋아했던 것도 아니고,
정말 이기적인 마음이긴 했습니다.
'그냥 일출이나 보고 그만 만나야지...
어차피 얼마 안 있으면 캐나다로 돌아갈 사람인데 뭐~
그리고 도착하면 아침이니까... 별일도 없을 거고...
그래! 맘먹은 김에 가자, 가~'

그렇게 우리는 정동진을 향해 고속도로를 달리기 시작했고
제가 먼저 운전대를 잡았습니다.
"제가 원래 야행성이라... 먼저 운전할 테니까요, 한숨 주무시고,
좀 이따가 교대해주세요~"

그렇게 한참 달리고 있는데, 갑자기 옆에서 달리던 SUV 차가
제 차선 쪽으로 넘어오기 시작하는 겁니다.
저는 이미 160km가 넘는 속도로 달리고 있었고,
최대한 빨리 그 차를 피하려고 핸들을 살짝 튼다는 게
그만, 사고가 난 거죠!

핸들을 꺾는 순간, 엄청난 속도를 이기지 못한
제 차는 중앙분리대에 부딪혔고,
강한 스파크를 내면서 또다시 이쪽저쪽으로 세게 부딪히다가
1차선에 똑바로 멈춰 섰습니다.

'아, 어떡해! 나 이대로 죽는구나... 어쩌지~ 아! 엄마~!'
그렇게 눈을 질끈 감고 있는데, 옆에서 자고 있던 그 남자가
첫 충돌과 동시에 제 이름을 부르며 자기 몸으로 저를 감싼 겁니다.
어느 순간 차가 더이상 움직이지 않길래 눈을 떴죠.
제 차는 종이를 구겨놓은 것처럼 심하게 찌그러져 있었지만,
우린 상처 하나 없이 멀쩡한 상태였습니다.

알고 보니, 이 남자가 저를 살리기 위해
본능적으로 제 팔을 잡으면서
보조석에서 운전석으로 자리가 바뀌었고,
그 순간 양쪽으로 에어백이 터지면서 우리 둘이
안고 있는 상태로 고정돼, 그렇게 안전할 수 있었던 거죠.

서울로 돌아와 사고 처리를 하고 나오면서
저는 그 남자에게 너무 미안한 맘이 들어
정말 쥐구멍에라도 숨고 싶었습니다.
하지만 이 남자, 제 마음을 읽기라도 한 듯이, 이러네요.
"진짜 몸... 괜찮아요? 왜 내 얼굴도 못 쳐다보고 그래요.
혹시 미안해서 나 안 볼 생각 하는 건 아니죠?"

사고 순간, 그 사람이 갑자기 잠에서 깰 수 있었던 건,
그 순간 누군가 "승철아~" 하고 부르는 소리를 들었기 때문이라네요.
사실 그 사람 아버님이 몇 년 전 누군가가 운전하던 차의
조수석에 타고 가시다가 사고로 돌아가셨다는 얘기를 듣고 보니

그때 그를 깨운 분이 아버님이 아니었을까
가족들은 다 그렇게 믿고 있답니다.

그런 교통사고는 다시는 일어나선 안 될 아찔한 일이었지만
그 덕분에 우린 연인이 되었고,
짧은 연애중, 또다른 사고로 우리는 예쁜 아이까지 낳았답니다.
속도위반으로 낳았지만,
이게 다 우리의 스펙터클한 운명의 일부라 믿으며
늘 감사히 여기며 살고 있네요.

 러브, ♥ 게임의 법칙

당신이 이 지구상의 수많은 사람 중에 그 사람을 만난 것부터가 기적입니다. 논리적
으로 설명할 길은 없지만, 굳이 설명하지 않아도 당신은 충분히 느끼고 확신할 수 있
을 거예요. 운명 같은, 기적 같은 사랑이 당신에게 찾아왔음을... 😊
　　　　　　　　　　　　　　　　　　　　　　BGM 운명 - 여름스케치

# 누구 때문에 그래야 하니?

몇 년 전부터 저는 사진에 푹 빠져,
주말이면 동호회 사람들과 어울려 출사를 다녔습니다.
그중에도 특히 저와 친하게 지내는 세 살 어린 동생이 있었는데,
그는 워낙 유머러스한 성격이라, 모임에서 분위기 메이커로 통했죠.
기분이 울적하거나 지루한 날은 모두들 그를 찾을 정도였으니까요.
"너 뭐 하니? 와서 나 좀 웃겨줘라~ 누나 우울하다!"

그런데 이듬해 여름, 저는 예전부터 사귀던 남자친구와 헤어지게 되었고,
우연찮게도 얼마 후, 그 역시 여자친구와 헤어졌다는 소식을 듣게 되었습니다.
우리 두 사람은 솔로가 된 처지를 한탄하면서 서로를 위로해주었죠.
그리고 다음 날부터 자연스럽게 문자를 주고받기 시작했습니다.
"사실 요즘 내내 우울했는데, 너 때문에 많이 웃었다.
넌 역시 우리의 엔도르핀이야! 고마워!"
각자 애인과 자주 연락하다가 못하니까 허전해져서인지
우린 서로 자주 연락하며 전보다 더 가까워졌습니다.

그래도 저는 그저 편한 동생으로만 생각했는데, 녀석은 언제부턴가
"누나밖에 없어요~ 누나가 내 맘을 몰라줘서 서운해!"라며
의아한 말을 하곤 했습니다.
그런 시간이 길어질수록 저 역시 우리 사이가 좀 묘하다는 생각이 들었죠.
"누나! 수업 끝나고 전화할게~"
"누나! 나 친구들 만나고 있어요. 집에 가면서 전화할게요!"
이렇게 매번 저에게 하나하나 보고하듯 자주 연락해오는 그 녀석도 이상했고,
언제부턴가 그 연락을 기다리고 있는 제 모습도 좀 이상하다 싶었죠.

그러던 어느 날 통화를 하다가 솔직한 제 맘을 털어놓았습니다.
"우리 좀 이상하다고 생각 안 해?
사귀는 것도 아닌데 너무 자주 연락하는 것도 같고..."
"그게... 사실은요... 누나... 나 누나 좋아해요. 우리 사귈까요...?"

사실 그는 학생인 반면 저는 이제 결혼 상대를 만나야 할 나이고,
종교며 많은 조건이 맞지 않는 그와는 안 된다는 생각에...
그동안 그에게 끌리는 제 맘을 애써 모른 척하고 있었습니다.
하지만 이젠, 더이상 숨길 수가 없었습니다.
그렇게 제 마음이 그의 옆에 서게 되었죠.

바로 다음 날, 우리는 첫 데이트를 했습니다.
밥 먹고, 차 마시고, 온종일 함께하면서 너무너무 설레고 행복했죠.
그런데 저녁에 헤어질 때, 그가 정말이지
이해할 수 없는 얘길 하는 겁니다.
"누나, 오늘 하루 만나보니까... 그냥 우리 예전처럼 누나 동생으로
지내는 게 맞다는 생각이 들어요. 그냥... 그렇게 하는 게 맞는 것 같아요."
저는 너무 당황해서 따져 묻지도 못하고,
그냥 돌아서서 올 수밖에 없었죠.
'누나 동생으론 좋았는데... 만나보니까 아니다 싶은 건가?

왜 갑자기...? 뭐지...? 아... 답답하다...'
며칠 동안 그 이유에 대해 정말 많이 고민하며 괴로워했습니다.


그러던 어느 날, 우연찮게 그에 관한 얘기를 듣게 되었습니다.
우리와 친하게 지내던 동호회 오빠가 오랫동안 저를 좋아하고 있었고
하필 우리가 첫 데이트를 하던 그날,
우리 얘기가 그의 귀에까지 들어가게 되었다는 겁니다.
"그 오빠가 너 좋아하는 거 너도 몰랐지?
어쨌든 둘이 친형제 같은 사인데 어떻게 걔가...
형이 좋아하는 여자를 맘 편히 만날 수 있겠냐.
당연히 지가 포기한다고 나선 거지..."


두 남자는 7년째 친형제처럼 지내던 사이여서
그가 물러설 수밖에 없었다고...
그제야 답답한 마음이 풀렸습니다.
그가 얼마나 힘들었을지... 마음이 아팠죠.
그래서 이번에는 제가 먼저 그에게 손을 내밀었습니다.
우리 둘이 이렇게 서로 좋아하는데,
다른 사람을 위해 포기하는 건 아니라는 생각이 들었거든요.
이후 숱한 맘고생을 하기는 했지만
결국 우린 다시 만나게 되었습니다.

 러브, ♥ 게임의 법칙

사랑에 빠졌을 땐, 오직 당신의 마음에만 귀 기울이세요. 때로는 내 사랑을 지키기
위해 이기적으로 구는 것도 괜찮습니다. 서로의 진실된 마음을 확인했다면, 이 세상
에 두려울 것은 없을 테니까요.
　　　　　　　　BGM Can't smile without you - Barry Manilow

# 그대가 있음에 감사합니다

5년 전, 저는 결혼을 했습니다.
사실 결혼을 준비하면서부터 그 사람과 트러블이 좀 있었지만
이 정도쯤은 누구나 겪는 일이겠지, 하면서 대수롭지 않게 여겼죠.
그런데 그건 시작일 뿐이었습니다.
저를 자꾸 밀어내는 듯한 그의 태도 때문에
제 맘에는 서운함이 쌓여갔고
그 잦은 다툼에 불신까지 더해져, 우리는 점점 더 멀어지게 되었죠.

결국 결혼 후 한 달 만에 우린 헤어졌고
나와 평생을 함께할 인연이라 믿었던 만큼 상처가 컸습니다.
그래서 다니던 직장까지 그만두고, 혹시라도 아는 사람과 마주칠까봐
집 밖으론 나오지도 않고 죄인처럼 살았습니다.
그렇게 얼마쯤 지냈을까...

어느 날 부모님과 저녁식사를 하는데,

그날 엄마는 밥 먹는 제 모습을 한참 동안 바라보시다가
"우리 큰딸~ 많이 먹어! 이렇게 아빠랑 엄마 곁에서
이쁘게 잘 있어줘서 고마워~"하시는 겁니다.
사실 그동안은 부모님이 실망하셨을 거란 생각에
두 분 앞에서 애써 꿋꿋한 척했었거든요.
가끔은 이 세상에 나 혼자 버려졌다는 생각을 하기도 했는데,
그날 엄마의 눈빛을 본 순간,
제 곁엔 사랑하는 가족이 있다는 걸 깨닫게 됐죠.
저는 다시 힘을 내서 잘 살아야겠다고 맘을 고쳐먹었습니다.

그렇게 정신을 차리고 보니,
그동안 제가 정말 많은 걸 잃고 바보같이 살고 있었더라구요.
일단은 직장부터 다시 다니기로 했습니다.
원래 전공과는 무관한 일이었지만, 전혀 새로운 일을 하면서
정신없이 지내고 싶었기에 선택한 일이었죠.
다시 일을 시작하고, 새로운 사람들을 만나면서
예전의 나로 돌아갈 수 있었습니다.
가끔 아무것도 모르는 동료들이 남자친구 있냐고 물어보면,
"아뇨~ 전 아직 남자 만날 생각 없는데요~!"라고 대답하면서
예민하고 까칠하게 굴곤 했습니다.

하지만 또 얼마간의 시간이 흐르니
저 역시 좋은 사람을 만나 사랑받고 싶다는 생각이 들었죠.

그러던 어느 날, 직장 동료인 그 사람이 제게 다가왔습니다.
"정은 씨, 점심 같이 먹을래요?"
"정은 씨, 퇴근하고 영화 볼래요?"
이러면서 넉살 좋게 다가오는 그에게
처음엔 괜히 모질게도 대해봤지만, 다 소용없더라구요.

외로웠던 제 마음에, 그 사람은 이미 너무 많은 자리를 차지하고 있었죠.
늘 다정하고 따뜻한 모습만 보여주는 그에게 기대고 싶었습니다.

"정은 씨! 정식으로 만나고 싶어! 우리 남들처럼 예쁘게 만나보자.
내가 항상 옆에서 지켜주고 아껴줄게!"
그의 고백이 너무나 믿음직스러워 거절하고 싶지 않았지만,
저는 일단 그를 밀어내고, 시간을 좀 갖자고 했습니다.

그리고 며칠을 고민한 끝에 다 털어놓기로 했죠.
도저히 맨정신엔 얘기할 수 없을 것 같아,
술잔을 앞에 두고 말을 꺼냈습니다.
"나, 민재 씨가 생각하는 것 만큼 좋은 여자 아니에요... 놀라지 말아요...
속이려고 했던 건 아닌데... 이렇게까지 우리 사이가 발전할 줄은 몰랐어.
나 혼인신고만 안 했지... 결혼도 했었단 말이야... 어쩌려구 그래..."

제 얘길 듣고 당연히 놀라고 기겁할 줄 알았는데,
그 사람은 가만히 제 눈을 바라보며 이렇게 말했습니다.
"나 알아... 알고 있었어, 그치만 그게 무슨 상관이야!
나 정말 너 사랑해. 걱정하지 마... 앞으로 내가 너 지켜줄 수 있어.
나 한 번만 믿어주라."

 러브, ♥ 게임의 법칙

사랑 때문에 받은 상처는 결국 사랑으로 치유됩니다. 골방에 틀어박혀 상처 받은 마음을 꽁꽁 싸매고 있으면 점점 곪아 터지지만, 밝은 빛을 보여주면 그 상처에 새살이 돋고, 새로운 사랑도 찾아올 겁니다. 당신의 상처 난 마음에 따뜻한 빛을 보여주세요.

BGM 한 남자 - 김종국

## 그런 사람을 만날 확률

"야! 어떻게 진아는 나한테 그런 사람을 소개시켜줄 수가 있어?"
그날, 소개팅을 마치고 집에 들어오는 길에
친구에게 전화를 걸어 잔뜩 화를 냈습니다.
그 사람의 외모가 진상이거나 성격이 이상한 것도 아니었어요.
오히려 그는 큰 키에, 하얀 피부, 미소년 같은 얼굴을 가진...
그야말로 제 이상형에 가까운 사람이었답니다.
그런데도 그가 싫었던 건, 정말 생각지도 못한 부분 때문이었죠.

그 남잔, 친구의 친한 오빠의 후배였습니다.
멀리서 걸어오는 그의 첫인상은 괜찮아 보였죠.
'아~ 이제야 내 짝을 만나는 건가? 딱 내 스타일이네.'
그렇게 기대에 부풀어 있는데, 그가 제 앞에 와서 앉았을 때
정말 깜짝 놀랐습니다.
그의 양팔과 뒷목에 온통 문신이 가득했거든요!

TV나 잡지에서만 보던, 그런 화려한 문신을 한 사람을
실제로 처음 봤으니 그럴 만도 하죠.
게다가 그동안 저는, 그런 문신은 건달들이나 하는 거라는
고정관념을 갖고 있었거든요.
그래서 내가 좋아하는 외모였음에도 불구하고
말조차 섞고 싶지 않았던 거죠.
"아, 제 문신 보고 놀라셨어요? 제 직업이 타투 아티스트라서요~ 하하.
저 이상한 사람 아닙니다."

아무리 타투 아티스트라지만, 그런 모습은 정말이지 거북했고
그 직업 자체도 맘에 들지 않았습니다.
쌀쌀맞은 제 반응 때문인지, 그 사람도 별로 말이 없었고
우리는 짧은 만남을 갖고 헤어졌죠.

그리고 일주일쯤 지난 뒤,
우연히 친구들과의 술자리에서 그 사람을 다시 만난 겁니다.
그런데 그날따라 이 남자, 긴 소매에 옷깃을 목까지 올려
문신을 거의 가리고 있었습니다.
'아~ 저렇게 보니, 또 아깝네... 정말 내 스타일인데... 에휴...
아냐! 그래도 온몸에 문신 있는 남자를 어떻게 만나! 맘을 접자, 접어.'

하지만 술자리에서 어울리다 보니 이 남자,
예상했던 것과는 전혀 다른 구석이 많았습니다.
자유로운 직업이나 문신의 무서운 느낌과는 다르게
술도 한 잔 못 마시고, 낯을 많이 가려서 말수도 별로 없고
사람들의 얘기를 들으면서 그저 온화한 미소만 짓고 있었거든요.

그리고 결정적으로!
제 맘을 바꾸게 만든 일이 있었죠.

분위기가 무르익어가면서 저는 술에 취해버렸고
그 사람은 어느새 제 곁에 앉아, 저를 다정하게 챙겨주고 있었습니다.
그러고는 저를 위해 조규만의 〈다 줄 거야〉를 불러주기까지 했죠.

'아... 안 되는데, 이러면 안 되는데... 어머... 이 사람 괜찮다...'
그렇게 조금씩 흔들리던 저는,
그날 이후에도 계속되던 그의 진중한 말과 행동에 홀딱 반해
결국 사귀게 되었습니다.
그리고 사귄 지 1년쯤 되었을 때,
그 사람 집에서 먼저 결혼 얘기가 나왔죠.
"아버지가 곧 정년퇴직을 하신다는데...
부모님은 그전에 내가 결혼했으면 좋겠다고 하셔서.
나도... 너랑 빨리 결혼하고 싶고."

처음 그를 보고 제가 그랬듯이,
그 사람의 직업이나 외모 때문에 제 주변 사람들이 심하게 반대했지만,
우린 사랑의 힘으로 그 모든 걸 이겨냈답니다.

러브, ♥ 게임의 법칙

사랑은 여러 가지 이유로 시작됩니다. 겉모습만으로 이 사람은 아니라고 쉽게 놓아버
리지 마세요. 나를 이해해주고 내 마음을 움직이는 남자라면 그 사람이 나의 평생 인
연일지도 모르니까요.

## 솔직한 당신이 예뻐

그녀와 저는 우연한 술자리에서 처음 만났습니다.
첫 만남부터 서로에게 호감이 있었던 우리는
그 후 자주 만나게 되었고, 얼마 지나지 않아 연인 사이가 되었죠.
동갑내기인 그녀는 너무도 사랑스러웠습니다.
하지만 연애 기간이 길어질수록
그녀가 뭔가를 숨기고 있는 듯한 묘한 기분이 들더라구요.
그런 기분이 들 때마다 저는 세 살 터울의 여동생에게
이런저런 고민을 털어놓곤 했습니다.

그날도 동생과의 대화 끝에 여자친구 이야기가 나왔죠.
"근데 오빠, 그 언니 몇 살이랬지? 어디 사는데?"
"나랑 동갑이고, 영어 강사야. 그리고 참, 내가 그 얘기 안 했지?
우리 인연이긴 한가봐~ 같은 고등학교를 나왔더라고.
그런데 학교 때 본 기억은 안 나."
그랬더니 동생은 막연한 호기심에 졸업 앨범을 찾아보겠다고 했고 그렇게 둘이 머리를 맞대고 한참 동안 앨범을 뒤져봤죠.
하지만 그녀와 같은 이름도, 비슷한 얼굴조차도 찾을 수 없었습니다.
제 동생도 뭔가 이상하다는 생각이 들었는지,
그녀와 셋이 만나자고 조르기 시작했습니다.
"오빠! 여자는 여자가 봐야 안다니깐.
오빠가 그렇게 좋아하는 사람인데, 이 동생이 좀 만나면 안 되는 거야?
이따 데이트할 때 꼭 데리고 가~ 알겠지?"

결국 여자친구를 만나러 가는 길, 동생도 함께 가게 됐는데...
동생은 그녀를 만나자마자 놀란 얼굴로
"어머, 언니...!" 하더니, 한동안 두 사람 다 멍하니 서 있더라구요.
그러더니 여자친구가 동생을 데리고 급히 화장실로 가버리는 겁니다.

나중에 들은 얘기인데,
그녀는 동생에게 절대 먼저 말하지 말아달라며
자기가 직접 말하겠다고 신신당부를 했다는군요.
그 비밀이란, 바로 이런 거였죠.
"오빠! 그 언니 오빠랑 동갑 아니고 세 살 연상이야.
같은 고등학교를 나온 건 맞는데, 나이차가 있으니 본 적 없는 게 당연하지~"
알고 보니, 그녀는 저와 세 살 차이밖에 안 나는
친척 이모의 친한 친구였던 겁니다.
그 이모가 어릴 때부터 제 동생을 많이 예뻐해서 자주 데리고 놀러 다녔고,
덕분에 동생은 이모의 친구들과도 종종 만났던 거죠.
그래서 동생과 제 여자친구가 서로 알아보고 놀랐던 거였습니다.

어쩐지...
그동안 극장에서 신분증을 제시할 때도
사진이 이상하게 나왔다며 안 보여준 적도 있고,
학교 얘기가 나오면 은근슬쩍 다른 얘기로 넘어가곤 했습니다.

황당하기도 하고, 나이를 속인 그녀에게 약간의 배신감도 느꼈지만
그렇다고 막 사랑이 불타기 시작한 이때,
그런 이유로 헤어질 수는 없었죠.

"미안해... 사실... 우리가 술자리에서 우연히 만난 거고,
나이도 세 살이나 어려서... 심각한 사이로 발전할 거란 생각은 못했어.
근데 만나면 만날수록 니가 점점 좋아져서...
휴... 나도 언제 얘기해야 하나... 고민 많이 했어..."
그녀는 이렇게 동생을 통해 고백할 수 있게 돼서 속이 시원하다고 하더군요.
그 후로 어떻게 되었냐구요?
지금까지 7년이란 시간 동안 변함없이 사랑하고 있답니다.

저보다 세 살 많은 여자친구는 올해로 서른여섯이 되었네요.
그동안 무능력하고 철없던 제 곁을 묵묵히 지켜준 그녀에게
올해는 꼭 멋진 프러포즈를 할 계획입니다.

문득 이런 생각이 드네요.
저 역시 어릴 때 동생처럼, 그녀를 이모 친구로 먼저 알게 되었다면
이런 인연이 되지는 않았을 텐데...
이렇게 어른이 되어 만난 게 얼마나 다행인가 하는 생각말입니다.

러브, ♥ 게임의 법칙

사랑하는 사람 앞에선 아무것도 숨기지 마세요. 그 사람은 당신의 많은 것을 이해하
고 품어줄 수 있지만, 비밀을 가진 당신 앞에서는 조금 망설일 수도 있답니다. 사랑
한다면, 솔직하게. 그런 당신이 훨씬 사랑스러우니까요.

BGM Running - 정재형

## 그래도 사랑할 거야

고등학교 때부터 친하게 지낸 친구가 있었습니다.
우리는 대학도 같은 데로 가려고 했지만
서로의 사정상, 다른 학교에 입학할 수밖에 없었죠.
그리고 각자 신입생이 되어 바쁘게 지낼 무렵, 제 친구는 소개팅을 했고
드디어 남자친구가 생겼다며 한껏 들떠 있었습니다.
"내 남친도 소개해줄 겸 우리 같이 영화 볼까?"
저 역시 친구의 첫번째 남자친구가 누군지 궁금했기에
바로 며칠 뒤 약속을 잡았죠.

그런데...
친구가 데리고 나온 사람은,
제가 그토록 꿈꿔오던 이상형 그 자체였습니다.
'아... 이렇게... 내 이상형이랑 똑같은 사람이 있구나.
근데 나 지금 뭐 하는 거야, 친구 남자친군데... 내가 이러면 안 되지...'
머리로는 이렇게 생각했지만, 첫눈에 반한 그 사람을 향해

제 심장은 쿵쿵 쿵쿵, 뛰기 시작했습니다.

2시간이 조금 넘는 영화를 다 보고 극장을 나선 우리 세 사람은
근처에 밥을 먹으러 가기로 했습니다.
친구가 잠시 화장실에 다녀오겠다고 해, 우리 둘만 남게 됐죠.
그렇게 친구의 남자친구와 단둘이 극장 앞에 서 있는데,
어쩌나 어색하던지...
저는 두근거리는 마음을 숨기느라 아무 말도 못하고 있었습니다.
그런데 갑자기 그 남자, 극장 앞의 인형 뽑기 기계로 가서는
능숙한 솜씨로 귀여운 인형 하나를 뽑아 오는 겁니다.
"이거 선물이에요~"
너무 당황스러워서, 친구한테 줘야 하는 거 아니냐고 물었죠.
"아, 아니에요. 얼른 가방에 넣으세요. 그냥... 제 선물이에요."
그러면서 굳이 제 손에 인형을 쥐여줬고
마침 친구가 나오는 모습이 보이길래,
저도 모르게 인형을 얼른 가방 안에 숨겨버렸습니다.

그날 밤, 저는 두근거리는 마음 때문에 잠을 이룰 수가 없었죠.
그런데 새벽 1시쯤, 그에게서 메시지가 온 겁니다.
"다음에는 더 큰 인형 사드릴게요. 오늘 즐거웠습니다."
솔직히 그의 문자에 많이 설레었지만, 아무런 대꾸조차 할 수 없었죠.

그리고 며칠 후, 그가 술을 마셨다면서 전화를 걸어왔습니다.
"근처에 왔는데, 잠깐 나올 수 있어요?"
친구 생각에 두렵기도 하고 죄책감도 들었지만,
저는 어느새 집 앞으로 나가고 있었죠.
"실은... 그 친구 만나기 훨씬 전부터... 학교에서 많이 지켜봤었어요.
그래서... 그날 극장에서 만났을 때, 너무 놀랐어요...
지혜 씨만 괜찮으면... 만나고 싶습니다. 저 정말 고민 많이 했어요."

그랬습니다. 그 사람과 저는 같은 대학교에 다니고 있었고
오랫동안 지켜봤다는 그의 고백에 제 맘도 무너져내렸습니다.

처음에는 친구가 알게 될까봐 두려웠지만,
서로의 감정을 확인했기에 저 역시 포기할 수가 없더라구요.
그는 저와 만나게 되었다는 사실을 숨긴 채
제 친구에게 헤어지자고 했지만
시간이 흘러, 우리가 사귄다는 사실을 끝내 알아버린 친구는
배신감에 정말 많이 힘들어했습니다.

결국 친구는 저와의 연락을 끊어버렸고
그렇게 저는 친한 친구를 잃게 되었죠.
친한 친구와 그렇게 되면서 저 역시 죄책감과 미안함에
너무나 힘든 시간을 보냈습니다.

많은 세월이 흘렀다고 해서,
그녀가 저를 용서해주기를 바라지는 않습니다.
그저 오랫동안 제 맘 한켠에 품고 있는 이 미안함을,
다시 한 번 전하고 싶네요...

러브, ♥ 게임의 법칙

때로 어떤 사랑은 우리로 하여금 많은 것을 희생하게 만듭니다. 그럼에도 불구하고
이 사랑을 선택했다면, 후회하진 마세요. 당신이 아프게 했던 그 사람도, 당신도, 누
구 하나 쉽지 않았을 사랑이니까. 그럼에도 불구하고, 행복해지기를...

## 오래오래 머물러줘

10여 년 전, 대학교 신입생 시절,
우리 과에는 함께 몰려다니는, 유쾌하고 약간은 엉뚱한
남학생 셋이 있었습니다.
그 녀석들과 매일같이 어울려 놀다 보니
어느새 우리는 2학년이 되었고, 남자애들은 군대에 갈 시기가 되었죠.
그중 한 명이었던 그 녀석 역시 입영 통지서를 받았고,
우리는 그의 시골집에 우르르 몰려가
다 같이 하룻밤을 보내며 아쉬움을 달랬습니다.

그리고 그가 입대하던 날,
수업중에 몰래 나와 마지막으로 통화를 했는데
이상하게도 가슴 한켠이 묵직하게 아파왔습니다.
'나... 기분이 왜 이러지? 혹시... 나, 이 녀석을 좋아했나?'
그때 처음, 그에 대한 제 감정을 깨달았고,
그날 이후 저는 매일같이 그의 부대로

편지와 선물을 보내며 제 맘을 표현했습니다.
그렇게 우리는 연애를 시작했죠.

하지만 그땐 우리 둘 다 너무 어렸던 탓일까요?
멀리 떨어져 있으면서 서로에게 서운함을 느끼는 일도 많아
결국 그가 군 생활을 마치기도 전...
그의 부대 앞에서 이별을 고했습니다.
이후 그가 많이 힘들어한다는 소식을 들었지만, 저는 애써 외면했고
그렇게 또 시간이 흘러 각자 새로운 사랑을 만났습니다.
하지만 친구라는 울타리에 둘러싸여 있던 우리는
모르는 사이인 척 지낼 수 없었고,
그가 복학한 뒤 자연스레 다시 친구로 지내게 되었죠.

예전에 저 때문에 힘들었다는 얘기와는 달리,
새로운 애인과 잘 지내는 그를 보며
전혀 아무렇지도 않았던 건 아닙니다.
'치... 나 때문에 힘들었던 애 맞아? 여자친구 잘만 사귀네...'
한동안 이런 못난 생각을 하며 괜히 약 오른 적도 있지만
그렇게 지내기를 7년, 우리는 꽤나 깊은 우정을 쌓아갔습니다.
다시 예전처럼, 그렇게...

그런데 제가 그 무렵 다니던 직장을 그만두고 새로 얻은 직장이
우연찮게도 그의 고향 동네였습니다.
새로운 곳에 이사 와서 몹시 낯설어하던 저에게
그는 집 구하는 일부터 이런저런 많은 일들을 도와줬습니다.

그날도 둘이 함께, 제가 살 집을 구하러 다니다
밥을 먹으러 가는 길이었는데
그의 여자친구에게서 전화가 걸려온 겁니다.

"어... 어떡하지? 내 여자친군데... 아프다고 빨리 오라는데.
미안한데... 나 먼저 가볼게. 밥 잘 먹고 들어가~ 간다~"
저와 함께 밥 먹기로 한 약속도 미룬 채 급히 달려가는 그를 보며
왠지 모를 서운함이 밀려왔습니다.
마치 그가 입소하기 직전에 통화했던 그날처럼, 기분이 이상했죠.
'이제 친구잖아... 근데 이 기분은 뭐지...?'

그리고 얼마 후 동기들에게, 그가 여자친구와 헤어졌다는 소식을 들었습니다.
"야, 있잖아. 걔가 너 아직도 좋아하고 있었대.
그래서 새로 여자친구 사귀면서도 계속 방황했단다... 너 몰랐어?"
친구라는 이름으로 오랜 시간을 함께했지만
전혀 눈치 채지 못한 사실이었죠.
왠지 모를 뭉클함과 눈치 없던 저 스스로에 대한 원망이 뒤섞여
무척 혼란스러웠습니다.
하지만 그 수많은 감정의 끝에는 '기쁨'이 있었죠.
그 후 우리는 조심스럽게 다시 만나기 시작해
평생을 함께하기로 맹세했답니다.

 러브, ♥ 게임의 법칙

사랑과 결혼은 타이밍입니다. 서로 아무리 사랑하는 사이였다고 해도, 각자의 인생에
꼭 필요한 때가 아니면 그냥 연애로 끝나버리고, 결혼까진 이어지지 않죠. 서로의 인
생에 적절한 타이밍에 맞춰 나타나주는 것, 그것만큼 큰 축복이 있을까요?

BGM 그대 내게 다시 - 김건모

때로는 기다릴 줄도
알아야 하고,

#04.네번째 이야기

# 결혼에 임하는 우리의 자세

"집에서 결혼하라고 안 하셔? 우리 집에선... 빨리 하라고 성화신데..."
5년을 만난 그 사람과의 결혼 얘기가 나오기 시작했을 때
저는 왠지 모르게 맘이 불편했습니다.
그 사람은 그 사람대로, 결혼 얘기만 하면
어쩔 줄 몰라하는 저를 이상하게 보는 것 같았죠.
우리 집에서도 서른 넘은 딸내미가
빨리 시집을 갔으면 하는 눈치였지만,
제 맘은 그렇게 내키지가 않았습니다.

5년을 만나는 동안, 그 사람이 잠깐 한눈을 판 적이 있습니다.
물론 오래가진 않았지만, 그 사람의 맘이 흔들렸다는 게
저에겐 너무나 큰 상처로 남아 있었죠.
그게 벌써 1년 반 전의 일이고,
그 후론 더없이 다정하고 좋은 남자로 제 곁에 있어줬지만,
그 일이 쉽게 잊혀지진 않았습니다.

오래 만났으니 결혼을 한다면 당연히
이 사람과 해야겠단 생각을 안 한 건 아니지만
100프로 확신도 없이, 덜컥 결혼을 결심할 수는 없었죠.
'이 남자... 결혼해서도 한눈팔면 어쩌지?
그리고 그렇게 안정적인 직업도 아니고...
더 좋은 사람이 있지 않을까?'

그래서 저는 그 사람에게 시간을 달라고 했습니다.
"있잖아, 휴가 때 같이 여행 가기로 한 거... 그냥 나 혼자 다녀올게.
우리 결혼에 대해 생각을 좀 해보고 싶어.
나 뭐 화나서 그런 거 아니야.
근데 나... 진짜 다녀와도 괜찮아..?"
"어? 혼자? 그래... 그래, 잘 생각해봐야지. 그래, 그래! 다녀와!"
뜻밖에도 그 사람은 아무것도 묻지 않고 그러라고 했습니다.
그렇게 저는 해외여행 가려고 1년 동안 열심히 모았던 돈을 탈탈 털어
일본으로 혼자 여행을 떠났습니다.
그와 함께 가려고 야근까지 하며 빼놓았던 일주일간의 휴가...
저는 그렇게 그 사람과 떨어져 있기로 했죠.

매일 여기저기 돌아다니면서도
'결혼을 해야 하나, 말아야 하나' 하는 고민 때문에
여행지의 풍경은 눈에 들어오지도 않았고
여전히 아무런 결정도 내리지 못하고 있었습니다.

그런데 나흘째 되던 날,
가방 앞주머니에서 그 사람이 넣어둔 편지를 발견했습니다.
'유진아, 5년 동안 너 만나면서 편지 한 번 쓴 적이 없네.
너랑 떨어져 있을 생각 하니까, 벌써부터 너무 무섭다.
미안했던 거... 너무 많아서 다 말할 수도 없는데...

그냥 한마디만 할게.
나 정말 너 사랑해. 내가 정말 잘할게...'

그동안 내가 그렇게 편지를 줘도,
남자가 무슨 편지냐며 답장 한 번 안 쓰던 사람인데...
맘이 급하긴 급했나 봅니다. 이런 편지를 다 쓰고 말이죠.
그동안 맘 고생한 것도 생각나고,
그 사람에 대한 왠지 모를 미안함 때문에
하염없이 눈물이 흘렀습니다.

그리고 한국에 돌아오는 날,
공항에 도착하니, 그 사람이 마중을 나와 있었죠.
퀭한 눈에 까칠해진 얼굴에서...
지난 일주일 동안, 그가 얼마나 힘들어 했는지를 단번에 알 수 있었습니다.
어쩌면 떠나 있던 저보다, 더 많이 힘들었겠죠...

저는 달려가 그의 품에 폭 안겼습니다.

 러브, ♥ 게임의 법칙

사랑에 대한 확신이 없을 땐, 잠시 떨어져 있는 것도 좋은 방법입니다. 각자의 인생에, 서로가 어느 정도의 비중을 차지하는지 생각해보고 무엇보다 두 사람이 함께 만들어갈 미래에 대해 객관적으로 볼 수 있는 눈이 필요하겠죠. 그 사람과 함께할 수 있다는 확신이 생겼을 때, 그때 결혼을 결심해도 늦지 않습니다.

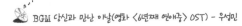 BGM 당신과 만난 이날(영화 〈6년째 연애중〉 OST) - 우성민

# 거짓말해서, 미안해

10년 전 대학 시절, 한눈에 반한 복학생 선배가 있었습니다.
훤칠한 키에 위트 있는 말투.
그야말로 제 이상형 자체였지만,
늘 그의 주변에는 여자 후배들이 줄지어 있었기 때문에
제가 다가설 자리는 없어 보였죠.

그러던 어느 날 공강 시간에
그가 혼자 컴퓨터실에 앉아 채팅을 하고 있는 겁니다.
그래서 저는 그 옆을 지나면서 슬쩍~ 선배가 채팅하는
사이트와 아이디를 기억하고 그 뒷줄에 앉았습니다.
그러고는 그 사이트의 같은 방에 들어가 채팅을 시작했죠.
앞뒤로 앉아 그와 채팅을 하면서도 제가 아닌 척,
시치미를 뚝 떼고 대화를 나눴습니다.

평소 얼굴 맞대고는 말 한마디 건네지 못했지만

'에라~ 내가 누군지도 모를 텐데, 겁날 게 뭐 있어?' 싶은 마음에
물어보고 싶은 걸 편하게 다 물어봤죠.
"저... 여자친구는 있으세요? 아~ 없으시다구요?
아, 저요? 저는 아직 애인은 없고, 뭐 따라다니는 남자들이 하도 많아서
거치적거리긴 하는데... 호호호"
이렇게 온갖 거짓말을 해가며 저에 대해 과대 포장을 했습니다.

그날 이후 저는 선배와 채팅 친구가 되어 서로 쪽지도 주고받고,
채팅으로 만나 긴긴 대화를 나누는 날이 많아졌습니다.
너무너무 행복했지만, 학교에서 보면 여전히 말 한마디 못하면서
집에선 당당하게 채팅하고 있는 제 자신이
점점 별로라는 생각이 들었습니다.
채팅할 때 자꾸 거짓말만 하게 되는 제가 좀 한심해 보이기도 했고요.
그래서 결국 그의 앞에 나서리라 맘을 먹었습니다.

그런데 얼마 후, 그 선배가 먼저 채팅만 하지 말고
직접 만나자고 하더라구요.
너무 떨렸지만 언제까지 이렇게 거짓말만 할 수는 없다는 생각에
그와 만날 약속을 잡았습니다.
드디어 우리가 만나기로 한 그날!
저는 선배에게 고백을 하겠노라 굳게 다짐을 하고
약속 장소에 나갔습니다.
그런데 막상 그의 얼굴을 보니 입이 안 떨어져
그냥 우연인 척, 여기는 웬일이냐고, 말을 걸었습니다.

"어, 나? 여기서 만날 사람이 좀 있어서. 근데 넌 여기 웬일이냐?"
저 역시 약속이 있다고 말하고... 그 옆 테이블에 앉았습니다.
그렇게 각자 다른 곳에 앉아 30분쯤 기다리는데,
선배가 먼저 말을 걸어왔죠.

"기다리는 사람 아직 안 왔어? 사실 나도 바람 맞았는데...
우리 같이 차나 한 잔 마시자."
저는 심장이 벌렁거려서 숨이 찰 정도였지만
이 기회를 놓치면 안 되겠다 싶어, 그와 마주 앉아 차를 마셨죠!

그리고... 기적 같은 일이 일어났습니다.
그날 일이 인연이 되어 우리는 자주 만나게 되었고,
누가 먼저랄 것도 없이 서로의 마음을 고백했죠.
얼마 뒤 우린 정말 사귀는 사이가 되었고,
저는 그에게 모든 걸 털어놓았습니다.
"저기 선배... 사실 그 의문의 채팅녀~ 나였어.
그땐 선배한테 다가갈 용기가 없어서... 미안해요... 거짓말해서."

처음엔 그도 너무 놀랐는지 눈이 휘둥그레지면서 아무 말 못했지만,
금세 너털웃음을 지어 보였습니다.
"그게 너였어? 진작 말을 하지! 아유, 귀여워~"

 러브, ♥ 게임의 법칙

그 사람 앞에 나설 용기가 나지 않을 때는 약간의 페이크를 쓰는 것도 괜찮습니다.
물론 상대방을 속였기 때문에 받아야 할 벌도 잊진 말아야겠죠. 그 사람을 속이는 동
안 겪었던 마음고생! 그만큼 더 많이 사랑해주는 것? 이런 것도 벌이라고 할 수 있다
면 말이에요.

# 용기 있는 자가 미인을 얻는다!

그녀를 처음 본 건
5개월 전 시험 기간, 도서관에 갔을 때였습니다.
학교 도서관에서 책 정리를 하고 있는 그녀를 보고 한눈에 반하고 말았죠.
그 길로 저는 평소 도서관에 자주 가던 친구들을 붙잡고
그녀에 대해 꼬치꼬치 묻기 시작했습니다.
"아, 걔? 예쁘지? 우리 학교 3학년인데. 얼마 전부터 알바 했대.
근데 걔, 인기 무지하게 많아. 게다가 눈이 엄청 높다나봐~
걔 좋다고 고백한 애들, 줄줄이 다 차였잖아."

알고 보니, 그녀는 신입생 때부터 수시로 대시를 받았는데
모두 거절했다고 하더군요.
그중에는 인기 많은 남학생들도 포함돼 있었다는 얘길 들으니...
포기해야겠단 생각이 절로 들었죠.

하지만 다음 날도, 그다음 날도,

제 마음속엔 오직 그녀 생각뿐이었습니다.
결국 저는 도서관에 가서도 시험공부는 뒷전이고,
그녀를 보느라 하루 종일 멍하니 앉아 있었습니다.
그 뒤로도 그녀가 출근할 시간에 맞춰 도서관에 가서는
그녀와 인사 한 번 하고, 공부하는 척하며 한심한 시간을 보냈죠.

그날도 어김없이 도서관에 앉아 있는데,
그녀가 아주 난처한 듯 발을 동동 구르고 있었습니다.
대출하는 척하며 슬쩍 가봤더니, 컴퓨터가 고장 났는지
책 정보와 학생들 정보가 읽히지 않고 계속 에러가 나는 겁니다.
"아… 저… 제가 지금 좀 급하게 책을 빌려야 하는데, 무슨 문제라도…?"
"죄송해요, 컴퓨터가 고장 났는지, 프로그램이 안 열려서…"
"제가 좀 급한데… 그럼 제가 잠깐 컴퓨터 좀 봐도 될까요?"
그녀를 도와줄 구실을 찾으려고
급하게 책을 빌려야 한다고 거짓말을 한 거죠.
그랬더니 그녀가 미안한 표정으로 자리를 내주었습니다.
"아, 이게 잠금 장치가 돼 있었네요. 그래서 안 열렸던 거예요.
보안으로 해두세요~!"
그렇게 그녀를 도와주고는 속으로
'드디어 한 건 했구나!' 뿌듯해하며 집으로 돌아갔습니다.

다음 날, 다시 도서관에 갔는데 그녀가 먼저 알은체를 해주더군요.
"안녕하세요? 덕분에 컴퓨터가 잘 되네요. 호호~"
아, 이게 웬 일인가요!
그날, 밤새도록 그녀의 상냥한 표정이 떠올라
잠을 이룰 수가 없었습니다!
그 후에도 그녀는 도서관에서 마주칠 때마다
제게 말을 걸어주었습니다.
"오늘도 오셨네요? 저번에 이 책 찾으셨죠?

이번에 반납되었던데, 제가 따로 빼뒀어요~"
병아리 눈물만큼이긴 했지만
이런 식으로 우리는 조금씩 대화의 양을 늘려갔고
그녀와 부쩍 가까워진 듯했습니다.
매일 그녀의 퇴근 시간까지 공부하는 척 기다리고 있다가
뒷정리를 도와주고, 같이 나가서 떡볶이도 먹고, 커피도 마시곤 했죠.

그러던 지난 1월! 눈이 정말 많이 내린 날,
그녀에게 혹시 좋아하는 사람이 있냐고 물었습니다.
"좋아하는 사람이요? 네, 있어요..."
"아... 네... 있으시구나... 어떤 사람이에요?"
"도서관에 맨날 오는 사람인데요, 책 읽다가 잠들어서 책에 침 다 묻혀놓고,
또 책은 얼마나 많이 읽는지, 하루는 금융 책 읽었다가
하루는 고전미술 책 읽었다가,
근데 알고 보니 전공은 컴퓨터공학이더라구요~"
그녀의 말에 너무 놀라, 저는 아무 말도 못하고
그저 바라보기만 했습니다.

그랬더니 저의 그녀가 활짝 웃으면서 말하네요.
"저 이제 개강하면 도서관 알바 그만두고 편의점 알바 할 건데,
거기도 매일 올 거예요?"

러브, ♥ 게임의 법칙

짝사랑 중이라면, 일단 일상에서부터 소소하게 당신을 각인시키세요. 상대방에게 "나
너 좋아해!"라고 광고하며 성큼성큼 다가가면 오히려 부담감에, 한 걸음 물러설 수도
있으니까요.

BGM Something stupid - Robbie Williams, Nicole Kidman

# 내 손을 잡아주세요

그 사람과 저는 같은 학교 단과대 임원으로 만났습니다.
서로 힘든 일을 공유하고, 연애 상담도 하면서 꽤 가까워졌죠.
"주말에 뭐 해요? 남자친구랑 데이트하면 되겠네~"
"아, 제 남자친구요, 주말에 바빠서 못 만난대요."
이렇게 제 남자친구에 대한 얘기를 할 때면,
그는 항상 이런 농담을 했습니다.
"에이~ 나 같음 안 그럴 텐데...
그냥 나한테 와요. 내가 잘해줄게, 으하하."
그때는 이런 말을 해도 그저, 우리 사이가 그만큼 막역하니까 하고
가볍게 생각했습니다.

그리고 여름방학, 학교 주최로 국토 대장정 대회가 열렸는데
그 사람도 참여를 하게 됐죠.
국토 횡단 중간 지점쯤 갔을 때, 저와 다른 임원 학생들은
참가 대원들을 응원하기 위해 위문을 갔습니다.

"이야~ 우리 응원 온 거예요? 진짜 반갑다!"
제가 나타나자, 그 사람은 활짝 웃으며 반겨주었죠.
우리는 정말 오랜만에 그동안 힘들었던 얘기를 나누며
이야기꽃을 피웠지만, 묘하게 어색한 기운이 감돌았습니다.

그리고 며칠 후, 그가 어떤 여학생을
마음에 두고 있다는 소식을 들었습니다.
'아, 어쩐지... 이상하다 했어. 그래서 그렇게 거리를 뒀나?'
제가 그랬듯 그 사람도 저한테 연애 상담을 할 줄 알았는데
이상하게도 그날 이후 우리는 점점 멀어졌고
그저 친한 동료로 가끔 안부만 묻는 사이가 돼버렸습니다.

그리고 그해 추석 무렵, 저는 남자친구와 헤어지게 되었습니다.
아픈 마음을 추스르며, 추석을 보내기 위해 큰집에 내려갔는데
오랜만에 그에게서 안부 문자가 온 겁니다.
"아 저는 명절 보내려고 대전 큰집에 와 있어요."
"아, 좋겠다. 우리 집은 조용해서 명절 같지도 않은데."
"사촌오빠들 다 장가가고 그래서 여기도 썰렁하고 심심해요."
"어, 심심해요? 그럼 내가 갈까요?"

문자를 주고받다가 갑자기 절 만나러 대전에 오겠다고 하길래
당연히 장난이겠지 싶어서, 올 수 있으면 어디 한번 와보라고 했습니다.
"어? 그럼 나 진짜 가요! 분명히 오랬다?!"
그렇게 오네 마네, 실랑이를 하다가
어른들이 음식 준비를 도우라고 부르시는 통에
저는 부엌으로 부랴부랴 나갔습니다.

그런데 몇 시간 뒤, 그에게서 전화가 온 겁니다.
"일은 끝났어요? 나 대전 왔어요... 어? 안 믿네. 나 지금 중앙로예요~

KTX 타니까 금방 오던데요. 나도 하도 심심해서 온 거예요. 얼른 나와요!"
저는 계속 믿지 않았지만, 위치를 자세히 설명하는 걸 보니
정말이구나 싶더라구요.
그를 만나러 택시를 타는 순간까지도 긴가민가하며 출발했는데
정말로 그가 제 눈앞에 서 있었죠.
우리는 같이 밥도 먹고 차도 마시며
그동안 못다 한 얘기를 나눴습니다.

그리고 집에 돌아오는 길, 그에게 말했죠.
"이상하게... 정말 편하고, 친오빠, 동생 사이 같아요.
난 형제가 없어서 언니나 오빠가 있는 친구들이 항상 부러웠거든요!"
"그래요? 그럼 우리 손 잡을래요? 원래 친남매는 손 잡고 그래요."
그러더니 불쑥 제 손을 잡는 이 남자!
정말 깜짝 놀랐지만, 저는 그 손을 뿌리치지 못했고
우리는 그렇게 인연을 만들어갔습니다.

나중에 알고 보니 그 사람은 저를 처음 봤을 때부터 호감이 있었는데,
제가 애인이 있다고 해서 그동안 기회만 엿보고 있었다고 하더라구요.
이런, 귀여운 늑대 같으니라고!

 러브, ♥ 게임의 법칙

애쓰고 또 애써야, 사랑을 잡을 수 있습니다. 두 사람 모두 서로에게 호감이 있더라
도, 누군가 먼저 손 내밀고 애쓰지 않으면 다가온 인연도 휙 달아나버릴지 모릅니다.

# 오직 너뿐인 나를...

제 나이 서른, 소개팅이 들어왔습니다.
외로움에 찌들어 있던 저는 당장에 약속을 잡고 나갔죠.
스물아홉 살의 그녀는 아담한 키에, 귀엽게 생긴 얼굴...
그리고 말주변이 없는 저와 반대되는 밝은 성격이 맘에 들었습니다.
게다가 우린 취미도 같고 관심 분야도 같았기에 대화도 잘 통했죠.
제가 워낙 센스가 없어서, 처음 만난 여자한테도
삼겹살 집에 가자고 하는 바람에 늘 퇴짜를 맞곤 했는데,
그녀는 달랐습니다.
"와! 저도 소개팅 한다고 어색하게 칼질하는 것보다
이런 분위기가 더 좋아요!"
오히려 더 신나하며, 제가 하자는 대로 따라주는 그녀가 너무 좋았습니다.
그날의 첫 만남 이후 우린 급속도로 친해졌죠.

미리 연락도 없이 집 앞에 불쑥 찾아가도
화장 안 한 모습으로 싫은 내색 없이 나와준 그녀는...

아무래도 하늘이 보내준 천사 같았습니다.
"으이그! 그냥... 너 보고 싶어서 왔지.
너랑 있으면 왜 이렇게 시간이 빨리 가지?"
매일같이 만나고 정이 들면서,
이 여자가 정말 내 사람이다, 라는 확신이 들었죠.
제 오랜 친구들에게 예쁜 그녀를 어서 소개해주고 싶었습니다.

마침 얼마 뒤, 동창 모임이 잡혀 있어서 같이 나가자고 했는데
그녀가... 의외로 썩 내켜하질 않는 겁니다.
뭐, 아직은 제 주변 사람들을 만날 준비가 안 된 것 같으니
다음에 기회가 되면 함께 가자고 했습니다.
하지만 그 후로도 그녀는 제 친구들 앞에
별로 나서고 싶어하지 않았습니다.
일부러 피하는 듯한 느낌을 떨칠 수가 없었죠.

"난 니가 참 좋고, 친구들한테도 자랑하고 싶은데,
혹시 아직, 내가 니 남자친구로 부족한 건지... 그런 생각이 든다."
제 얘기를 듣고도 한참을 아무 말 없이 뜸을 들이던 그녀가
조심스럽게 입을 열었습니다.
"진짜 오빠는... 내가 누군지 전혀 기억 못했던 거 맞구나?
나 학교 다닐 때 오빠 좋아해서 편지도 많이 쓰고
오빠 경기 나갈 때 응원도 가고 그랬는데...
어쩜 그동안 그렇게 만나면서도 기억을 한 번 못하냐."

아니 도대체 이게 무슨 소리지?
하지만 차근차근 그녀의 얘기를 들어보니
그제야 기억이 나는 듯했습니다.

12년 전, 제가 고등학교 육상 선수일 때

매일같이 편지를 써주던 여학생이 있었습니다.
180cm가 넘는 제 키에 비해 키도 너무 작고, 여드름 난 얼굴에
뿔테 안경을 쓰고 다니던 그 여학생이 바로 그녀라고 했습니다.
제 기억엔 아무것도 남아 있지 않았지만
그녀의 기억 저편에는 저의 학창 시절이 그대로 남겨져 있었죠.

"언젠가 우연히 오빠 소식을 들었어.
그래서 동창들한테 부탁해서 소개팅을 주선해달라고 했는데...
난 당연히 오빠가 날 알아볼 거라고 생각했는데...
근데... 내가 누구라고 말하면 실망할까봐 나... 말을 못했어.
미안해, 오빠."

이토록 사랑스러운 그녀를 몰라봤다니!
너무 놀랍고, 많이 미안했습니다.
"미안해, 못 알아봐서... 근데... 내가 지금 사랑하는 건 너야.
그땐 니 마음 아프게 했지만, 이젠 내가 널 더 많이 사랑해줄 거다!"

러브, ♥ 게임의 법칙

당신을 짝사랑하던 사람의 마음을 받아줬다면 지난 서운함을 다 녹여버릴 정도로, 많
이 아껴주고 안아주세요. 그 사람이 바라는 것은 처음부터 지금까지... 오직 당신의
사랑뿐일 테니까요.

BGM 내일도 만날래 - 이규호

# 두 사람의 마음이 만나는 순간,

5년 전 이맘때였습니다.
스물다섯, 대학을 졸업하고 회사 생활에 한창 빠져 있을 때였죠.
어느새 저는 2년차가 되었고
옆 부서에 신입사원 세 명이 들어왔다는 소식을 들었습니다.
그리고 그들 중에서도 유독 한 남자가 제 눈에 들어왔죠.
까무잡잡한 피부가 콤플렉스였던 저로선 눈처럼 하얀 피부에
주근깨가 약간 있는 그의 첫인상이 정말 맘에 들었습니다.
눈이 마주치기만 해도 얼굴이 빨개지고 온몸이 마비될 정도로
순진해 보이는 그 남자에게 완전히 빠져들었죠.

하지만 그는 저뿐 아니라 모든 여직원들의 관심을 한 몸에 받았습니다.
괜찮다, 귀엽다, 이러면서 다들 모이기만 하면 그 남자 얘기였죠.
'아, 아깝다~ 같은 부서였으면, 잘 좀 해보는 건데...
저런 신입사원은 왜 우리 부서에 안 들어오는 거야! 쳇!'

그래도 저는 그 사람에게 잘 보이고 싶어서
은근히 외모에 신경을 쓰기 시작했습니다.
더 예쁜 옷을 골라 입으려고 일찍 일어나기도 하고
그 사람이 저만큼 걸어오면, 생각도 없던 화장실에 가는 척하며
그의 앞을 휙 지나가기도 했죠.
행여 정수기 앞에서 우연히 마주쳐 인사라도 나눈 날이면
하루 종일 혼자 실실거렸습니다.

어느 날, 퇴근 후 운동 삼아 혼자 동네 둑길을 걸어볼까
준비하고 있는데, 띠릭~ 문자 한 통이 왔습니다.
'선배님, 저 정환입니다. 고민하다가 문자 보내봅니다.
앞으로 연락하며 잘 지내보고 싶습니다.'
정환이가 누구지? 한참 생각해보니 대학 후배 중에
평소 저를 잘 따르던 정환이란 녀석이 떠올랐습니다.
군대에 있는 녀석이 휴가 나와서 심심한가 보다, 싶어 답장을 하지 않았죠.

그랬더니 20분 후에 다른 번호로 또 문자가 왔습니다.
'차 좀 빼주세요!'
우리 아파트는 주차 시설이 잘 돼 있는 데다
제가 누군가의 차를 막아놓은 일도 없기에
누가 또 장난을 치나 싶어서 발신번호로 바로 전화를 걸었습니다.
"제 차는 지하주차장에 잘 댔는데요.
어디에 있는 차를 빼달라고 하시는 건가요?"
"아! 죄송합니다. 사실 정환이가 문자 보내고 답장이 없다고
너무 실망하길래, 지현 씨가 지금 바빠서 문자 확인을
못했을 수도 있다고 위로하고 제가 장난 문자를 보내본 겁니다.
근데 장난 문자에는 바로 전화를 주시네요.
어쨌든 정환이, 괜찮은 놈입니다! 연락이라도 하고 지내주세요."

이런! 전화를 받은 남자는, 바로 그 신입사원의 직속 선배였습니다!
"아... 네... 저는 모르는 번호라 누군지 몰랐네요... 알겠습니다..."
제가 섭어버린 문자의 주인공은, 대학 후배가 아니라
늘 제가 바라보고 두근거렸던 그 남자였던 거죠.
다행히 그렇게 전화를 끊고 그 사람에게서 바로 문자가 왔습니다.
'가끔 연락드리면 안 될까요?'

생각할 것도 없었죠! 당연히 저는 그러자고 했고,
그날 이후 우리는 자주 연락을 주고받았습니다.
우선은 회사 메일로 서로의 일과를 이야기하며 자연스레 친해졌죠.
처음으로 집 앞 공원에서 만났을 때,
그 남잔 수줍어서 저와 눈도 못 맞추더라구요.
"맨날 통화만 하다가... 이렇게 보니까... 너무 떨리네요... 하하."
얼굴만 떠올려도 가슴이 설레는 이 남자가...
저를 좋아하고 있다는 고백을 한 겁니다.
그동안 저 혼자 가슴앓이 했던 것이 그에게 전해진 걸까요?
간절히 원하면 이런 일도 일어나는구나...
제 가슴은 터져버릴 것 같았습니다.

그리고 어느 날, 그가 수줍게 말하더군요.
"저... 저랑... 사귀어주실래요?"

 러브, ♥ 게임의 법칙

누군가를 좋아한다면, 그 간절함을 담아 텔레파시를 보내보세요. 간절한 사랑이 가
닿아, 상대방의 마음에도 사랑이 피어오르게 할 수 있으니까요. 그 사람에게 잘 보이
려고 애쓰고 쉼 없이 그 사람을 떠올리던 숱한 시간이 그의 가슴에도 고스란히 전해
질 겁니다.

# 다시 시작할 수 있을까

중학교 2학년 때, 선배의 친한 친구였던 그 사람과
우연히 어울릴 기회가 있었습니다.
자연스레 서로 삐삐 번호를 주고받은 우리는
함께 독서실에 다니며 풋사랑을 시작했죠.
워낙 순진했던 우리는 고작...
서로의 독서실 신발장에다 하루에 한 통씩,
편지를 넣어놓고 가는 게, 애정 표현의 전부였습니다.
학교에서 마주쳐도, 눈인사만 찡끗하며 수줍게 지나쳤고
밖에서 따로 만날 생각은 해본 적도 없었죠.
그러다 한 번은 큰맘 먹고, 밤에 몰래 통화하다가
엄마에게 들키고 말았습니다.
"너, 지금이 이럴 때니? 공부 열심히 해서 대학 가서 만나!"

그렇게 시간은 지나, 그는 고등학교에 입학했고
저는 아직 중학생이었죠. 사귀는 사이 같긴 했지만,

둘 다 숙맥처럼 군 탓에 연락을 자주 하게 되진 않더라구요.
그런데 우리 동네에 있는 고등학교는 달랑 두 곳.
50%의 확률 때문인지 아니면 인연이라 그랬는지...
저는 그와 같은 고등학교에 가게 됐고, 다시 자주 만날 수 있었습니다.
몇 달에 한 번씩 연락을 주고받았지만,
직접 얼굴을 마주한 건 실로 오랜만이었습니다.
"아! 오빠, 오랜만이다... 우리 또 같은 학교네... 진짜 반갑다~"

나이를 한 살 더 먹었지만, 우리 사이의 표현법은 달라지지 않았습니다.
그 당시 제가 할 수 있었던 건,
야자 시간에 그에게 편지를 쓴다거나, 그의 체육 시간을 기억해놨다가
창가에 앉은 친구와 자리를 바꿔 앉아 수업 시간에 슬쩍~
그가 뛰는 모습을 훔쳐보는 게 전부였죠.
같이 영화를 보러 간다거나, 밥을 먹는다거나 하는 건
여전히 상상도 할 수 없었습니다.

그러던 어느 날, 그가 '형님'이란 별명을 가진 무서운 담임 선생님께
제 편지를 들켜서 교무실에 불려가 많이 혼났다는 얘길 들었습니다.
"아... 그동안... 내가 너한테 쓴 편지도 선생님들한테 빼앗겨서,
주지 못한 게 꽤 많았어... 휴..."
그 일을 계기로 우리는 자연스레 멀어졌고,
얼마 후 그의 대학 입시로 연락은 더욱더 뜸해졌습니다.
그리고 어느 새 그의 졸업.
그렇게 아예 눈에서 멀어진 뒤, 우리는 각자의 인생을 열심히 살았죠.
그러다 제가 대학에 입학했을 때쯤, 친구를 통해
그가 교환학생으로 유학을 떠나게 되었단 소식을 전해 들었습니다.
그래서 제가 먼저 연락을 했죠.
"아... 오빠 외국 간다는 소식 듣고 연락해봤어. 잘 다녀오고, 오면 한번 봐요."
반말과 존댓말을 섞어 쓸 정도로 어색한 사이...

우리는 그렇게나 어수룩했습니다.

또다시 연락이 끊어졌고... 그러는 사이,
저는 대학에서 누군가를 만나 연애를 시작했고
친구들을 통해, 비슷한 시기에 그에게도 애인이 생겼다는 소식을 들었습니다.
상대가 어떤 사람인지 궁금한 마음에 그의 블로그를 방문했던 것도 그즈음...
사실 그때는, 그 사이트에 로그인을 하고 들어가면
방문 기록이 남는다는 것도 모른 채, 자주 그의 블로그에 들르곤 했습니다.
그리고 또 몇 년이 지나, 저는 다시 솔로가 되어 있었습니다.

그러던 어느 날, 생전 들어가보지도 않던 모 사이트 쪽지함을 열어봤는데
오래전 그가 남긴 쪽지가 있는 겁니다.
'지숙아, 너 맞지? 내 블로그에 남겨진 흔적...'
이렇게 시작하는 쪽지...
4년 전, 제가 한창 그 사람의 블로그를 즐겨 가던 그때
그가 보내왔던 것을 4년이 지나서야 확인하게 된 거죠.
시간이 많이 지났지만, 그래도 용기를 내어 답장을 했습니다.
'지금... 답장 보내도 확인하려나? 잘 지내...?'
그 쪽지를 계기로 우리는 다시 연락을 시작했습니다.
중학교 때부터 수년간, 만나지 못했던 시간이 더 길었음에도
마치 그 긴 세월을 함께 보낸 것 같은 느낌이 들었습니다.
그제야 처음으로 서로의 손을 잡아봤죠.

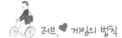
러브 ♥ 게임의 법칙

명확한 끝이 없었다는 것은, 다시 시작할 여지가 있다는 뜻도 됩니다. 사춘기 시절,
시작도 끝도 없는 철부지 사랑을 나누었기에 많은 시간이 흘러 다시 마주했을 때...
마치 처음인 듯, 사랑을 시작할 수 있는 거랍니다. 돌고 돌아온 인연이기에, 더 애틋
한 사랑.
　　　　　　　　　　　　　　　　　　　　　BGM 마침내 우리 - 옥주현, 정영

# 이미 알고 있었는지도 몰라요

대학에 다닐 때의 일입니다.
어느 날, 한 후배 녀석이 제게 고민 상담을 해왔습니다.
"누나, 저 수현 누나 좋아하는데, 어떤 식으로 대시해야 할까요?
수현 누나가 MT 갔을 때... 연하랑은 절대 안 사귄다고 했잖아요..."

수현이는 동기 중에서도 저랑 유독 친한 친구였습니다.
그런데 수현이는 이 후배가 전혀 남자로 안 보이는 눈치였습니다.
그 녀석은 짝사랑 때문에 괴로운 듯 보였고
옆에서 안타깝게 지켜보던 저는
어떻게든 후배에게 도움이 되고 싶었죠.

"야, 나이는 숫자에 불과해! 그니까 걱정하지 말고, 계속 대시해!"
"여자는 세심한 남자 좋아해. 힘들 때 기댈 수 있는 포근한 남자 말이야,
나이가 어려서 무시당하는 느낌이 든다면 자상한 모습을 보여줘봐~"
이렇게 시시때때로 그에게 진심 어린 조언을 해줬습니다.

후배는 수현이와 제가 같이 수업을 마치고 나오면
자판기 앞에 서 있다가 음료수 두 개를 뽑아서 저와 친구에게 주었고,
또 도서관에서 피곤한 듯 보이면
커피를 뽑아 와 수현이와 제게 한 잔씩 주곤 했습니다.
그런데도 제 친구는 별 반응을 보이지 않았고
저는 안쓰러운 마음에, 제 친구 눈엔 안 보이게
후배에게만 살짝 엄지손가락을 펴서
'최고!'라는 표현을 해줬죠.

그러던 어느 날, 그는 드디어 고백할 거라며
선물은 뭘 줘야 할지, 어떤 장소에서 할지, 어떤 방법으로 할지
이것저것 물어왔습니다.
"음, 너 지난번에 보니까, 기타도 잘 치고 노래도 잘하더라.
그거 한 번 보여줘봐, 여자들은 노래하는 남자한테 잘 반한다~"
그랬더니 이번엔 어떤 노래가 좋겠냐고 묻길래
아무래도 유리상자의 〈사랑해도 될까요〉 같은
달콤한 발라드가 좋지 않겠냐고 조언까지 해줬습니다.

드디어 후배가 제 친구에게 고백하기로 한 그날!
아침에 목욕탕에 가려고 자취방 문을 열고 나왔는데...
문 앞에 향수와 립스틱, 꽃다발이 놓여 있는 게 아니겠어요?
그리고 때마침 문자 메시지가 도착했습니다.

'선배, 사실 그동안 제가 좋아한 사람은 선배였어요.
전에 분명히 말했죠?
나이는 숫자에 불과하다고요. 저, 선배 좋아해도 괜찮죠?'
그리고 동영상 메일로 그 녀석이 노래하는 모습까지 보내놓았더라구요.
자취방 문 앞에 서서, 후배가 보내준 영상을 보면서
저도 모르게 눈물이 났습니다.

갑작스런 고백이 싫지 않았던 건, 제 마음도
이미 그 녀석을 향해 있었기 때문이겠죠.
그 후로 우리는 세 살 나이차를 극복한
연상 연하 커플이 되었답니다.

 러브, ♥ 게임의 법칙

때로, 사랑은 보슬비처럼 조금씩 젖어들기도 합니다. 빗물에 옷이 젖는지 아닌지도
모르게 조금씩 조금씩 스며드는 사랑... 아마도 정신을 차렸을 때는, 그 사람으로 인
해 이미 당신의 마음도 흠뻑 젖어 있을 거예요.

# 친구, 짝사랑... 그리고 내 사람

"집에서 뭐 하냐? 나 친구 소개팅 주선해주는 데... 같이 나가자.
나 혼자 가면 심심할 거 같아서 말이야!"
10년 전 대학 새내기 시절, 초등학교 동창 녀석에게서 전화가 왔습니다.
소개팅을 할 친구는 같은 초등학교를 나온 여자친구이고
저와는 약간 거리가 있는 사이였죠.
그런데 어차피 같은 동네에 살고, 가끔 보는 친구여서
그 녀석을 따라 나갔다가 재밌게 놀고 들어왔습니다.

소개팅남은 그 동창 녀석의 고등학교 친구였고,
둘이 잘 되길 바라며 우린 다리 역할을 톡톡히 해주고 온 거죠.
그 뒤로도 둘이 잘 만나고 있는 줄 알았는데,
얼마 후 소개팅을 했던 여자친구가
예전 남자친구에게 돌아갔다는 소식을 들었습니다.
"야, 니 친구 괜찮아? 충격 받은 거 아냐?"
걱정돼서 친구에게 물어봤더니,

다행히 그는 마음의 상처를 좀 입긴 했지만
그럭저럭 잘 지내고 있다고 하더라고요.

그리고 6~7년쯤 지난 후, 저는 직장에 들어갔고
남자친구들도 군대에 다녀와 어느 정도 자리를 잡았을 무렵,
그 동창 녀석과 소개팅남을 같이 만날 기회가 생겼습니다.
이제 어엿한 사회인이 된 우리 셋은 동네도 가깝고
쿵짝이 잘 맞아서 만나는 일이 잦아졌습니다.

그런데 어느 날부턴가 제 눈에 소개팅남...
바로 그가 남자로 보이기 시작한 겁니다.
그래서 그를 보려고 일부러 동창 녀석과의 자리를
좀 더 자주 마련하기도 했고,
제 주변 사람들과 자연스럽게 섞여서 놀기도 했죠.

하지만 그는 좀처럼 제게 다가오지 않았습니다.
'그렇게 자주 보고 눈치를 줘도, 전혀 모르나 보네... 휴...'
밤마다 가슴앓이를 한 끝에,
저는 그에게 고백하기로 맘을 먹었죠.
주변에선 다들, 오랫동안 친구로 지내던 사람에게 고백하는 건
너무 위험한 일이라며 말렸지만, 저는 결국 그에게 문자를 보냈습니다.
'사실은... 나... 너한테 마음이 있어...'

'미안... 나 아직은 누굴 만나고 싶은 생각이 없어... 미안해...'
역시나 거절의 답장...
하지만 저는 괜찮았습니다. 정말로 괜찮았습니다.
그리고 창피함에도 불구하고, 그를 계속 친구로 만났죠.

몇 달 후! 전에 한 번 경험한 뒤라 이젠 오기가 생긴 건지...

저는 다시 한 번 고백을 하고 말았습니다.
제 착각인진 몰라도, 왠지 저한테 잘해주는 게
관심이 있어서 그러는 것처럼 보였거든요.

하지만 이번에도 보기 좋게 거절!
저나 그 친구나 마음이 편치 않았겠지만
희한하게도 우리는 점점 더 친해졌습니다.
더 자주 만났고, 그럴수록 저 혼자만의 기대감도 커져만 갔습니다.

'그래... 딱 세 번만... 그 세 번째도 아니면, 정말 그만두는 거야...'
그렇게 굳은 결심으로 세 번째 고백을 했지만, 역시나 거절...
그날 처음이자 마지막으로, 저는 그 사람 때문에 펑펑 울었습니다.
그리고 그 친구에게서 오는 어떠한 연락도 받지 않았죠.

3개월 가까이 그저 마음을 추스르며
일에 빠져 바쁘게 지내던 어느 날,
동창 녀석에게서 만나자는 전화가 왔습니다.
"너... 다 아팠어? 이제 나와야지... 인마! 얼굴 좀 보고 살자!"
약속 장소에는 그 사람도 나와 있었는데
저를 보고 너무 반가워하는 모습을 보니, 오히려 야속하더라구요.
'뭐야... 저렇게 아무렇지도 않다니...
나 찬 거 미안하지도 않나보지, 흥...'

그러나 제 마음을 정리하는 데 있어
3개월이란 시간은 너무 짧았나 봅니다.
그날 그의 얼굴을 보고 온 순간부터,
더 이상 그의 연락을 피할 수 없었고
오히려 예전보다 더 많은 시간을 함께하게 되었죠.

그리고 얼마 후, 가족과 밥을 먹고 있는데
그에게서 이런 문자가 왔습니다.
'보고 싶다...'

심장이 멈춘다는 게 이런 걸까요?
그 문자를 받고, 정말 가슴이 떨려 숟가락을 놓칠 뻔했습니다...
그날 이후, 우린 정식으로 만나... 3년째 연애중입니다.
그리고 가끔씩 몇 년 전의 추억들을 안주삼아 꺼내놓기도 하죠.

"니가 마지막으로 고백했을 때 정말 고민 많이 했어.
나도 마음이 너무 아팠고... 그리고 3개월 후에 너 봤을 때
어찌나 이뻐 보이던지... 내가 왜 그랬을까...후회 많이 했다.
오랫동안 내 옆에 있어줘서... 고마워."

 러브,♥게임의 법칙

친구라는 이름으로, 너무 강한 벽을 쌓거나 선을 그어 두진 마세요. 단단한 벽을 조
금만 허물어내면, 당신도 몰랐을 사랑이란 감정이 그 안으로 스며들어 올 수도 있
답니다.

BGM 나 돌아가 - 임정희

## 첫사랑도 이루어질까

그날 밤, 잠을 이루지 못했습니다.
저는 초등학교 4학년, 그는 6학년이었던 그때...
동네 놀이터에서 우연히 그를 만나 첫눈에 반한 저는
그날부터 난생처음 느껴보는 감정에 한껏 들떠 있었습니다.
공부도 잘하고 얼굴도 무지 잘생긴 그는
요즘 말로, 엄친아 그 자체였거든요.

어느덧 시간이 흘러 그는 초등학교를 졸업했고
가끔 방과 후 운동장에서 농구하는 모습을
보는 것 외엔 그를 볼 일이 없었죠.
그런데 다행히도 제가, 그가 다니는 중학교에 뒤따라 입학을 한 겁니다.
여전히 인기가 많은 그를 가까이서 볼 수 있어 좋기도 했지만,
왠지 마음이 상할 때도 많았습니다. 인기가 많아도 너무 많았거든요.
그래서 괜히 관심 없는 척을 하곤 했습니다.

그와 어릴 때부터 알고 지내는 사이다 보니
만나면 인사도 하고, 또 가끔 쉬는 시간이면
그가 우리 반에 찾아와 간식도 주고 갔습니다.
인기 많은 선배이니, 반 아이들은 당연히 궁금해했죠.
"어머, 너 저 선배 알아? 우와~ 좋겠다! 무슨 사이? 혹시 사귀니?"
아이들의 수군거림을 듣다 못한 저는 괜한 거짓말을 해버렸습니다.
"어... 저기... 먼 친척뻘이야, 외사촌오빠거든!"

그러던 어느 날 학교가 끝나 집에 가려는데,
갑자기 비가 쏟아지는 겁니다.
'에이, 비 오잖아! 뭐, 집이 코앞이니까
얼른 뛰어가면 되겠지. 얼른 가야겠다!'
그때 2층에서 그가 제 이름을 부르며 우산을 던져주는 게 아니겠어요?
"남지야! 이 우산 쓰고 가고, 이따가 나 좀 데리러 와줄래?"
옆에서 보던 다른 애들 눈도 있고, 또 친척이라고 했는데
여기서 우물쭈물대면 이상하게 볼까봐
어쩔 수 없이 그 우산을 쓰고 집으로 왔습니다.

그리고 그가 끝날 시간에 맞춰,
빌려 쓴 우산을 들고 교문 앞으로 갔습니다.
"어, 왔어? 고맙다. 근데 있잖아... 애들한테 우리가 친척이라고 그랬다며?"
"아, 그게... 애들이 이상하게 생각할까봐요."

근데 참 이상하죠... 그날 이후 우리 둘은 사귀자는 말은 안 했지만
마치 사귀는 사이처럼 풋풋한 만남을 이어갔습니다.
체육실에서 같이 탁구도 치고 햄버거도 사 먹고
그렇게 우리는 서로의 곁을 지켰습니다.
하지만 그해에 그가 먼저 졸업을 하면서 자연스레 멀어졌죠.

많은 세월이 지나 어른이 된 후에도
1년에 한두 번은 얼굴을 보는 편한 사이였지만
어릴 때의 그 설렘은 없었습니다.
어느새 그의 나이 스물아홉, 제 나이 스물일곱...

그날처럼 비가 많이 내리던 날, 그에게서 전화가 왔습니다.
"나 동네 체육센터인데, 비가 와서... 혹시 너, 집이면 우산 좀 갖고 나올래?"
주말인 데다 집에서 딱히 할 일도 없길래, 그가 있는 곳으로 나갔습니다.
"선배! 세상에 공짜가 어디 있어요~ 밥 한 번 사기예요~"
그냥 장난 삼아 한 말이었는데, 선배는 기다렸다는 듯이 이럽니다.
"그래! 뭐 먹을까? 집에서 옷만 갈아입고 나올게. 좀 기다릴래?"

그래서 그날, 저녁을 같이 먹게 되었는데
아마도 그때부터였던 것 같아요. 선배가 달라 보이기 시작한 건.
평소엔 도통 하지 않았던 집안 얘기, 부모님 얘기를 들으며
제 맘이 콩닥콩닥 뛰기 시작했죠!
'어... 이 기분은 뭐지... 선배 다시 보니까 참 멋있다...
그래... 선배가 남자였지...'
그날 이후 우린 하루가 멀다 하고 만났고
어느 날 선배가 드디어 프러포즈를 했습니다.
"이제 그만... 나한테 와주면 안 될까?"

 러브, ♥ 게임의 법칙

첫사랑이 이뤄지지 않는다는 말? 그것도 사람 나름입니다. 그런 속설에 연연해 말고
일단 당신의 감정에 충실해보세요. 진짜 인연이라면, 놓을 수 없는 사랑이라면! 첫사
랑이라도 얼마든지 영원한 사랑으로 이어질 수 있답니다.

# 당신의 마음을 몰라주고 있나요?

한창 대학 생활에 익숙해질 무렵, 드디어 제 이상형을 발견했습니다.
그 선배가 너무 좋아서 수강 시간표를 입수해
그의 수업이 끝날 시간에 맞춰 주변을 어슬렁거리기도 하고
점심시간에 학생 식당에서 우연인 척 마주치기도 했죠.
기숙사에서 지내는 그 사람이
아침마다 밖으로 나와 담배 피우는 곳까지 알아두었다가
그 근처를 서성인 적도 있습니다.

"오빠, 이 노래, 내가 좋아하는 건데, 한 번 들어보실래요?"
"오빠! 웃는 모습 보면 이상하게... 기분이 좋아지더라구요, 히히."
눈치가 있는 사람이라면, '쟤가 날 좋아하는구나' 알고도 남을 만큼
저는 그의 곁을 맴돌며 대놓고 마음을 표현하곤 했죠.
하지만 선배는, 왜 그렇게 둔한 건지...
전혀 제 맘을 몰라줬습니다.

그렇게 얼마간의 시간이 지나고,
그를 비롯한 몇몇 선배와 친구들이 모여 술자리를 갖게 되었죠.
술을 먹다가 누군가의 제안으로
정말 유치하기 짝이 없는 '진실게임'을 하게 됐고
드디어 그 선배가 제게 질문할 차례가 됐죠.

"너, 학교에 맘에 드는 사람 있어?"
그의 질문을 받자, '드디어 이 사람이 내 맘을 알았구나!' 싶어
심장이 두근두근 뛰기 시작했습니다.
"맘에 드는 사람이요? 네... 있어요!"
그러자 선배 옆에 앉은 사람이,
'좋아하는 사람의 이니셜 한 글자가 뭐냐'고 물었고
저는 순순히 그의 이름 끝 글자를 따서 "S"라고 대답했습니다.
선배는 알 듯 모를 듯한 미소를 지었습니다.
'아! 드디어 내 고백이 통했구나!'

그렇게 술자리가 마무리되고 기숙사로 돌아가는 길,
단둘이 남게 되었을 때, 그 사람이 제게 묻더군요.
"그래, 너 승준이 좋아해서 수업 같이 듣고 그랬다며?
아... 근데 승준이는 여자친구 있지 않나?
그동안 너무 힘들었겠구나..."

아니, 세상에! 이렇게 둔한 남자가 또 있을까요?
그동안 그렇게 열심히 표현했건만!!
제가 다른 선배를 좋아하는 줄 알고 있다니, 정말 답답했습니다.
순간, 저는 더 이상 안 되겠다 싶어서 단도직입적으로 말했죠.
"아뇨! 제가 좋아하는 건 오빠예요. 저는 오빠를 좋아한다구요!"

하지만 그 사람은 아직 우린 서로를 잘 모르는 것 같다는

이유를 둘러대며 제 고백을 외면해버리더군요.
그렇게 저는 실연의 상처로 몹시 우울해하고 있었습니다.
그런데 고작 이틀 뒤! 그 사람이 저를 찾아왔습니다.
"저기... 있잖아... 니가 고백하고, 너무 갑작스러워서 그랬어...
사실 나도 너 좋아해... 우리 앞으로 잘 만나보자!"
기대도 안 했던 그의 갑작스러운 고백에
저는 하늘로 날아오를 만큼 기뻤습니다.

그렇게 시작된 연애는 3년이 넘도록 이어졌고,
이 둔한 남자와 저는, 얼마 전 부부가 되었답니다.

 러브, ♥ 게임의 법칙

둔하거나 닫혀 있던 마음도 진심 앞에서는 무너지는 법입니다. 상대방이 너무 둔하거
나 내 맘을 알아주지 않는다고, 쉽게 포기해버리진 마세요. 진심을 갖고 끊임없이 두
드리다 보면 그 사람의 마음이 활짝 열릴 날이 올 테니까요.
BGM ㅣㄱㅣㄱㅣㄱㄱㅣ - 자우림

# 소문내고 싶다, 너를 사랑한다고!

그 사람과 저는 같은 교회를 다니면서 알게 되었지만
서로에게 그냥 '아는 오빠', '아는 동생' 중 하나일 뿐이었습니다.
그가 재밌는 농담을 하면 제가 재치 있게 받아치고
그런 호흡이 잘 맞아 주변에서도 재미있어하는 정도였죠.

그런데 어느 날부터, 주변에서 우리 둘이
사귀는 게 아니냐고 물어오곤 했습니다.
"뭐? 사귀긴 누가 사귀어! 아냐!"
애초에 제가 마음에 두고 있었거나, 의미 있는 사람이었다면
그런 소문에 예민했을 수도 있겠지만, 정말 그때는
개인적인 문자 하나 주고받은 적이 없었기에 그냥 웃어넘겼습니다.
게다가 제 친구들 몇몇이 그에게 관심이 있다며
여자친구가 있는지 떠봐달라고 부탁한 적도 있었기 때문에
저는 그를 내 남자로 생각할 일이 더더욱 없었던 것 같아요.

그렇게 지내기를 몇 개월...

어느 날, 그와 집이 같은 방향이라 전철역까지 함께 걸어가면서
오랜만에 이런저런 얘기를 나눴습니다.

저는 친구들을 떠올리며, 그의 맘을 떠보기 시작했죠.

"오빠 여자친구 생겼다고 사람들이 그러던데... 맞아?"

"어? 그... 그 여자친구가 너라고 하던데?"

순간 너무 놀라고 당황스러웠지만, 그냥 둘 다 웃어넘겼습니다.


그렇게 우리에 관한 소문 때문에 기분 상한 적은 없었는데
얼마 뒤 조금 도가 지나친 소문이 들리길래,
그만 그에게 화를 내고 말았죠.

"아니, 내가 행동을 잘못하고 있는 거야? 아님 오빠야?
도대체 왜 자꾸 이런 말이 나오는 거 같아? 응?"

그 사람은 본인이 잘못했을지는 몰라도
저는 잘못한 게 없다며 다독여줬습니다.

그런데 그날 이후 이상하게도
그런 소문 때문에 자주 통화하기 시작했고
우린 자연스럽게 더 가까워졌습니다.


그러던 어느 날부터, 그는 조금씩
특별한 감정을 표현하기 시작했습니다.

"애들이랑 바다 보러 가기로 한 거 알지?
난 너랑 같이 바다 볼 생각 하니 기분이 더 좋다!
참, 오늘 애들이랑 찜질방에 갈 건데, 너도 올 거지? 꼭 와라~"


그는 이런 식으로 여럿이 어울리는 자리엔 꼭 저를 불러냈고
사람들이 묘하게 보는 시선이 종종 느껴졌습니다.

"오빠, 우리가 오빠 동생 이상은 아닌데...
자꾸 사람들이 이상하게 보는 것 같아서

좀 신경 쓰이고 그래. 오빠 안 그래?"
"어... 우리, 오빠 동생 이상 맞아. 난 예전부터 너 좋아했어...
지금... 갑자기 말해서 많이 당황스럽지?
그러니까 내가 니 남자로 괜찮은지 한번 오래...오래 고민해봐라."

오래 고민할 것도 없이, 제 마음도 이미 그를 향해 있었고
결국 우리는 소문이 아닌, 진짜 연인이 되었습니다.

 러브, ♥ 게임의 법칙

누군가의 마음을 얻고 싶을 때, 가끔은 아주 고전적인 방법도 괜찮습니다. 같은 공간
안에 있는 누군가를 짝사랑한다면 그 사람과 당신이 사귄다는 소문부터 내는 겁니다.
소문이 그 사람의 호기심을 자극해, 둘 사이의 물꼬를 터줄지도 모르니까요. 물론 그
런 소문이 평화롭던 관계를 깨뜨릴 수도 있지만, 그럼 어때요. 사랑하니까, 일단 저질
러보는 거죠!

# 너무 많이 사랑해서...

그때 저는 꽤 오랫동안 사귀던 여자친구와 헤어지고
집 밖에도 잘 안 나가며 은둔 생활을 했습니다.
그렇게 몇 날 며칠, 혼자서 마음을 달래며 지내고 있을 때
저와 비슷한 처지의 여자 후배와 가까워지게 되었죠.
그 친구는 저처럼 애인과 헤어진 건 아니지만
학교에서 가장 친한 친구와 싸우고 과 활동을 접은 채
몇몇 친구하고만 어울려 지내고 있었거든요.

동병상련이라고, 각자 그런 힘든 생활을 하고 있어서인지
우린 금세 친해졌습니다.
그리고 어쩌다 보니, 그녀와 그녀의 친구
그리고 제 친구 하나까지 보태져
우리 넷은 매일같이 함께 다녔습니다.
모두 같은 과라서 같이 듣는 수업은 발표도 같이 하고
숙제도 넷이서 항상 같이 했습니다.

그리고 어느 날부턴가 이별 후유증 대신,
후배를 향한 가슴앓이로 힘들어하고 있는 제 자신을 발견하게 되었죠.
'아... 오늘 하루 못 봤다고 이렇게... 궁금하냐...
나 왜 이러지? 걔는 나한테 관심도 없는 것 같던데...'
하지만 이미 제 마음속은 그녀로 가득 차 있었고
조만간 고백을 해야겠다는 결심까지 하게 되었습니다.

그러던 어느 날, 그녀가 여행을 제안해왔습니다.
"오빠! 만날 학교에서 공부만 하니까 답답하지 않아요?
우리 넷이 부산에 놀러 갈까요?
실은 내가 여행 가려고 저금통 찢었거든요!"
그렇게 우리는 즉흥적으로 부산 여행을 떠났습니다.
"일단 민박집 잡고, 자갈치시장에 가서 회도 좀 사고,
밤새도록 맛있는 거 많이 먹자! 아~ 바다 냄새~ 부산이다!"

그날 밤, 우리 넷은 부어라 마셔라 하면서 신나게 놀았습니다.
술을 마실 때마다 그녀의 얼굴에선 더 빛이 났고
저는 때는 이때다! 싶어, 둘이 있을 때 슬쩍 고백을 했습니다.
"저기... 나... 너 좋아하는 것 같아. 우리 사귀면 어떨...까...?"
당황하던 그녀는 몇 분간 아무 말 못하고 고민하더니
어렵게 입을 열었습니다.
"오빠, 저도 오빠가 선배로서 너무 좋지만, 사귀는 건... 좀...
우리 그냥 계속 편하게 지내면 안 될까요?"
어차피 그녀가 단번에 허락할 거라 기대했던 건 아니었기에
저는 포기하지 않고 조만간 다시 고백해봐야겠다고
더 굳게 맘을 굳혔습니다.

며칠 뒤, 그녀에게 문자를 보냈습니다.
'나... 너 때문에... 너무 힘들다... 다시 생각해보면 안 되겠니?'

하지만 이번에도 역시 거절!
저는 이러다간 그녀와 좋은 선후배 관계로도 못 지내게 될 것 같아
그냥 제 마음을 숨긴 채 예전처럼 행동했습니다.
선배 이상도 이하도 아닌, 딱 그 선에서 그녀를 대했죠.

그리고 어느덧 시간이 흘러,
기말고사가 끝나 각자의 고향으로 헤어질 때가 되었습니다.
저는 정말 마지막이라 생각하고 한 번 더 그녀에게 고백했지만
그녀는 정말 미안하다며, 끝내 거절하더군요.

그렇게 초라해진 마음으로 고향집에서 하루하루
힘겹게 버티고 있던 어느 새벽, 그녀에게서 문자가 왔습니다.
"오늘따라 오빠가 보고 싶네..."
"그럼... 내가 서울로 올라갈까?"
저는 그길로 고속버스 터미널로 가서
이 새벽에 어떻게 오냐며 의아해하던 그녀를 향해 출발했습니다.

새벽 6시, 경주에서 서울로 가는 버스를 타고 가는 길,
제 심장은 터질 것만 같았죠.

 러브, ♥ 게임의 법칙

열 번 찍어 안 넘어가는 나무가 없다고 하잖아요? 그 열 번에 온 정성과 마음을 담는
다면, 정말 가능한 일이랍니다! 비바람, 벼락, 천둥에도 끄떡없는 당신의 사랑을 보여
주세요. 언젠가는 그 사람이 당신을 돌아보게 될 테니까요.

 BGM 그들이 사랑하기까지 - 이승환, 강수지

# 때로는
## 깨닫는 것도 있고,

#05.다섯번째 이야기

# 나를 울린 그 사람의 등짝

제 나이 서른한 살,
친구 결혼식에 갔다가 맘에 쏙 드는 남자를 발견했습니다.
신랑 친구로 온 듯한 그 남잔, 서글서글하게 웃는 눈매에
차분한 분위기로 제 가슴을 두근거리게 했죠.
며칠이 지나도 그의 얼굴이 계속 떠오르기에
호기심을 못 이기고, 결혼한 친구에게 넌지시 전화를 해봤습니다.
"혹시 니 결혼식 날, 왜 그... 혼자 잠바 입고 온 남자 있잖아.
누군지 기억나?"
친구는 반색하며, 당장 자기 신랑에게 물어보더니
남편의 거래처 직원이라고 말해주더군요.

"야~ 근데 그 남자도 너 기억하더래.
울 신랑이, 두 사람 소개시켜줬으면 하는데
실은 내가 좀 맘에 걸리는 게 있어...
그 남자도 건설회사 다니는데

그 사람들은 쉬는 날이 거의 없어서 만나기가 힘들거든.
우리 남편도 그랬잖아. 그래도 한번 만나볼래?"

일단 그 남자도 절 기억하고 있다는 얘기에
심장은 쿵쾅쿵쾅! 난리가 났고,
또 쉬는 날이 없다는 건 그만큼 성실하단 뜻 아니겠냐며
좋게 해석이 되더군요.
그래서 그 주 주말, 당장 만나기로 했습니다.
처음부터 우리 둘 다 서로에게 호감이 있던 터라
몇 번의 만남 이후, 바로 연인 사이가 되었죠.

그런데 친구의 말대로, 그는 일주일 내내 쉬는 날도 없이 일하고,
게다가 일하는 곳도 제가 사는 서울에서 아주 먼~ 지방의 도로 현장!
그래서 우린 주로 그의 현장 근처에서 데이트를 했습니다.
주말에 그가 일하는 곳으로 찾아가 밥을 먹고,
버스 시간에 맞춰 헤어지는, 마치 군대 면회와도 같은 데이트였죠.

처음에는 그렇게만 만나도 애틋하고 좋았지만,
그러기를 2년쯤 하니 점점 지쳐가기 시작했습니다.
그래도 연애라면, 알콩달콩 이런저런 추억이 많아야 하는데
우리 사이엔 추억이랄 게, 없어도 너무 없었거든요.

그런 서운함과 답답함이 점점 쌓여가다 드디어 일이 터졌습니다.
제 생일날 저녁 약속을 해놓고,
그가 밤 9시가 다 되어서야 나타난 겁니다.
"늦어서 미안해. 근데 나 현장일 때문에
조금 이따 다시 들어가봐야 해... 어쩌지?"
그 순간, 제 맘에 쌓여 있던 감정들이 폭발해버렸죠.
"만나면서 우린 뭐, 이렇다 할 추억 하나 없구!

남들 다 가는 여행 한 번 가본 적 없잖아.
이런 식으론 아닌 것 같아. 우리 시간을 갖자!"
"그래... 실은 너한테 너무 미안하던 참이었어.
회사 동료들이... 우리랑 비슷한 이유로 헤어지는 걸 많이 봤는데...
그럼 내가 더 잘 했어야 하는데, 미안하다..."

그렇게 쉽게 수긍하는 게 또 너무 얄미워서
제가 먼저 이별을 고하고 집으로 왔는데...
며칠 동안 끙끙 앓으며, 이건 아니다 싶더라구요.
결국 바보처럼 그가 있는 건설 현장으로 찾아가고 말았죠.

근처에 와 있다고 하니, 저 멀리서 안전모도 못 벗은
남자친구가 헐레벌떡 뛰어오는 모습이 보였습니다.
순간 눈물이 핑, 돌았습니다.
"오빠... 앞으로 긴긴 인생... 우리 같이할 텐데,
잠깐 여행 못 가고, 영화 못 보고, 그게 뭐 대순가?
그냥 천천히... 우리 길게 보자..."

제 얘길 듣고 입이 귀에 걸린 남자친구와 감격의 해후를 한 뒤
경작로를 걸으며 헤어지는 길,
그가 대뜸 자기 등에 업히라는 겁니다.
"그냥... 업어주고 싶어서 그러지. 얼른 업혀봐!"
못 이기는 척, 그의 넓은 등에 풀썩 업히니
팔을 쭉~ 뻗으며 비행기 흉내를 내는 이 남자.
"지금부터 양주찬표 비행기 이륙합니다. 어디 가고 싶어?"
"음~ 프랑스?"
"부웅~ 마드무아젤, 에펠탑입니다! 봤어 봤어? 다음엔 어딜 갈까?
이집트? 그래, 좋다! 저기 오른쪽에 피라미드 보여?
어... 근데 자기! 나 지금 너무 궁상스럽나? 히히!"

그러면서 고개를 갸우뚱거리기에
저는 아무 말 없이 그의 등을 더 꽉 안아주었습니다.

그렇게 남자친구표 비행기를 탄 지 1년 만에 우린 부부가 되어
진짜 비행기를 함께 타고 태국으로 신혼여행도 다녀왔고
함께 살면서 중국, 미국 여행도 다니며
그토록 바라던 많은 추억을 쌓아갔죠.

하지만 진짜 해외여행보다
그의 등에 업혀 훨훨 날았던 연애 시절, 그때의 추억이
가슴 깊이 더 애틋하게 남아 있답니다.

 러브, ♥ 게임의 법칙

소박하지만 진실된 사랑만 있다면, 다 괜찮습니다. 그 사랑으로 만들어놓은 추억이
있기에... 살며 마주하는 수많은 어려움 앞에서도 한없이 너그러워질 수 있을 테니까요.

BGM 사랑에 빠졌네 - 김현정

# 어쩌면, 나보다 훨씬 더

저와 남편은 교회 성가대에서 만났고
그의 멋진 프러포즈를 받고 결혼에 골인했답니다.
"내가 당신한테... 큰 보석 반지는 많이 못 사주더라도,
여행 많이 다녔다는 훈장으로 여권에 도장은 많이 찍게 해줄게!"

하지만 막상 결혼하려고 하니, 여행은 엄두도 못 낼 상황이 되더군요.
그는 명문대를 나와 괜찮은 회사에 다니고 있었기에
형편이 좀 넉넉하겠거니 생각했는데, 속사정은 그렇지 않았거든요.
회사에 입사한 지 얼마 되지 않은 터라
모아놓은 돈도 별로 없었을뿐더러 집안 형편도 넉넉지 않아
평범한 신혼방 하나 구하기도 힘들었습니다.
그래서 우리는 서울 변두리에 조그마한 지하 단칸방을 얻었지만
사랑하는 남자와 함께였기에 처음에는 마냥 행복하기만 했습니다.

그런데 결혼한 지 얼마 안 되었을 때,

친정엄마가 이런저런 밑반찬을 만들어 저희 집에 오셨습니다.
그날 신혼방을 처음 보신 엄마는...
"그래, 처음엔 다 이렇게 시작하는 거다"라고 말씀은 하셨지만
많이 속상하셨던지, 시골로 돌아가는 버스에 오르자마자 눈물을 보이셨죠.
그걸 보는 제 마음도 편치 않았습니다.

그렇게 두 계절이 지나 여름이 왔고,
유난히도 비가 많이 오던 날, 우리 집은 물에 잠기고 말았습니다.
옷이며 이불, 가구들이 물에 젖어 방 안에 둥둥 떠다니는 모습을 보니
눈물이 뚝뚝 떨어졌습니다.
바가지로 물을 퍼내며, 그만 엉엉 울고 말았죠.
"내가 이 고생 하려고 당신한테 시집 온 줄 알아?
청혼할 때 보석 반지는 못 사줘도 해외여행은 실컷 시켜준다며!
대체 당신이 지금까지 나한테 해준 게 뭐가 있어?"
그러자 남편은 물을 푸던 바가지를 내던지고는 밖으로 나가버렸습니다.
저는 독하게 맘먹고, 밤늦게까지 들어오지 않는 남편을 찾지 않았죠.

하지만 새벽이 되어도 돌아오지 않는 그가... 슬슬 걱정이 되더라구요.
그래서 집 밖으로 나가 한참을 기다렸는데...
드디어 저 멀리 남편이 보였습니다.
술에 떡이 돼서 오겠거니 생각했는데,
남편은 큰 가방을 짊어지고, 어깨를 축 늘어뜨리고 걸어왔습니다.
우리는 둘 다 아무 말 없이 집으로 들어갔고
라면으로 허기를 채우고는, 드디어 긴 침묵을 깨고
제가 먼저 말을 걸었습니다.

"당신! 내가 뼈 빠지게 물 푸는 동안 어디 다녀온 거야? 어?"
남편은 여전히 말이 없었고,
저는 벌떡 일어나 그의 가방을 열어보았습니다.

그 안에는 뜻밖에도 두꺼운 책 여러 권이 들어 있었죠.
"휴... 당신 고생 안 시키려고 도서관에 가서 공부 좀 하고 왔어..."

지난 며칠 동안, 유난히 그의 퇴근이 늦길래
저는 그저 회사 일이 많은 줄만 알았습니다.
그런데 그날 남편의 얘기를 들어보니
더 좋은 직장으로 옮기기 위해
매일 퇴근 후에 도서관에 가서 공부를 하고 왔더라구요.
저는 그것도 모르고 그렇게 구박했던 거죠.
미안함과 서러움, 안쓰러움이 뒤섞인 감정에...
저는 또 어린애처럼 엉엉, 소리 내어 울어버렸습니다.

남편은 그날 이후로도 열심히 공부했고,
얼마 뒤 정말 조건이 괜찮은 직장으로 이직을 했습니다.
그리고 또 10년이란 시간이 지난 지금 우리는,
끝날 것 같지 않던 단칸방 생활을 끝내고
햇볕 잘 드는 아파트에서 살고 있답니다.
남편의 성실함과 사랑이 있었기에,
이렇게 웃으면서 지난 시절을 이야기 할 수 있게 되었네요.

 러브, ♥ 게임의 법칙

사랑한다면, 조급해하지 말고 그 사람이 하는 대로 믿고 기다려주세요. 그 사람은 당신과 가족의 행복을 위해 더 많이 고민하며 노력하고 있을 테니까요.

## 다른 게 뭐 대수니?

캐나다 어학연수 시절, 한 달 정도 학교 기숙사에서 지냈습니다.
하지만 워낙 노는 거 좋아하고 여행을 즐기던 저는
거의 집에 붙어 있질 않아, 기숙사 사람들과 마주칠 기회가 별로 없었습니다.

어느 주말, 물을 마시러 기숙사 주방에 내려갔다가
처음 보는 한국 남학생이 혼자 라면을 끓여 먹고 있는 걸 보게 됐죠.
"어, 한국분이시네~ 반가워요~"
"네, 오늘 캐나다에 왔는데, 벌써 한국 음식이 먹고 싶네요, 하하."
근데 김치도 없이 라면만 먹고 있는 모습이 영 안되어 보이길래
제가 사놓은 김치를 선뜻 꺼내줬습니다.
"김치 없이 라면이 무슨 맛이에요~ 이거랑 같이 드세요.
그럼 맛있게 드시고, 다음에 또 봬요~"

그로부터 일주일 뒤, 저는 기숙사를 나와 아파트로 이사했고
학교는 같았지만 그와 다시 마주칠 일은 거의 없었습니다.

그리고 얼마 뒤, 한국에 돌아와 마지막 학기를 다니던 어느 날,
캠퍼스에서 낯익은 얼굴을 발견했죠.
캐나다에서 제가 김치를 줬던 바로 그 남자였습니다.
이름도 모르는 사이였지만, 저의 적극적인 성격대로!
쪼르르 달려가 인사를 했죠.
"어머! 오랜만이죠? 근데... 우리 같은 학교였나 봐요?"
캐나다에 왔던 그 많은 어학연수생들 중에 같은 학교 사람이 있었다니!
물론 그곳에선 알아보지 못했지만 이렇게 다시 만나고 보니
너무 신기해서 서로의 전화번호를 주고받았습니다.

그 후 우리는 자주 만나며, 그렇게 아는 오빠 동생 사이로 지냈습니다.
친하긴 했지만 시끌벅적한 저와는 달리 조용조용한 그 사람과
이성으로 발전할 일은 거의 없어 보였죠.
졸업 후, 우리는 근무지는 달랐지만 사내 메일을 통해
가끔 안부를 물으며 지낼 수 있는 곳에서 일하게 되었습니다.
그때도 간간이 안부나 묻는 게 전부였지만요.
그러다 졸업하고 4년 정도 지났을 때, 다시 만날 기회가 생겼습니다.
"우리 못 본 지 너무 오래된 거 아니냐? 밥이나 한번 먹자."
"그래요, 오빠! 주말에 만날까?"

오랜만에 그를 만난 날은 비가 많이도 내렸습니다.
아무렇지 않게 그의 우산 속으로 들어가 함께 걸었는데, 기분이 이상했죠.
심장이 너무 쿵쾅거려서 그 사람이 들을까봐 걱정될 정도였으니까요.
그런 묘한 기분으로 헤어진 뒤부터 우리는 자주 만나기 시작했고,
어느 날 그가 먼저 고백을 해왔습니다.
너무나 투박하지만 꾸밈이 없어, 더 진솔하게 다가왔던 그날의 고백...
"동네 한 바퀴만 더 돌고 들어가자. 어... 다 왔네. 한 바퀴만 더 돌자."
이렇게 동네 다섯 바퀴를 돌고서야 겨우 꺼낸 한마디...
"우리... 사귈래?"

그제야 그는 속마음을 털어놓았습니다.
기숙사에서 처음 제가 김치를 주던 그날을 잊을 수가 없었대요.
그 후로도 절 볼 때면 마음이 끌렸지만 자기랑 너무 다른 저에게...
쉽게 다가올 수가 없었답니다.
저는 못하는 영어로도 큰소리치고 다니는 적극적인 성격에다
외국인 남자친구도 사귀던, 다소 개방적인 스타일이었고
그는 성실히 공부만 하는 조용조용한 사람이었으니까요.
"너한테 끌리면서도 솔직히 거부감이 많이 들었어...
어디서나 적극적인 모습도 그렇고... 끌리면서도 감당할 자신이 없었거든.
근데 니가 너무 좋아서, 이젠 한번 해봐야겠다... 싶더라.
사람이 달라봤자 얼마나 다르겠어! 싶었지."

사실 저 역시... 예전부터 그에게 호감이 있었지만
저와 너무도 다른 사람이라는 생각에 선뜻 마음을 열지 못했는데
그날의 꾸밈없는 고백에 저 역시 용기를 낼 수 있었습니다.
그리고 6년 전 그날부터 저를 좋아하고 있었다는 걸 알게 된 순간,
제 마음도 사르르 녹아버렸던 것 같아요.
그의 친구들 모두가 저를 처음 만났을 때
"아, 그 캐나다 김치 소녀~?" 하고 알은체를 했거든요.
그렇게 연애를 시작한 지 6개월 만에 결혼했고,
얼마 전 1주년을 맞이한 우리 두 사람은 여전히 뜨겁답니다.

 러브, ♥ 게임의 법칙

서로를 사랑한다는 그 공통점 하나면 충분합니다. 두 사람이 너무 다르게 살아왔기에
맞지 않는다는 생각에서 서로를 잘 채워줄 수 있는 사람이다, 라는 생각으로 바꿔놓
을 수 있는 것, 그것이 사랑입니다.

BGM 어쩌지 - 베란다프로젝트

# 믿음의 재발견

노처녀, 노총각이었던 우리 두 사람은
만난 지 5개월 만에 상견례를 했습니다.
그로부터 딱 한 달 뒤가 '길일'이란 이유로 바로 날을 잡았죠.
주변에선 다들 한 달 동안 결혼 준비하는 건 무리라고 했지만
양쪽 집안에선 빨리 해치우려는 맘이었는지 급히 밀어붙였죠.
그렇게 모든 게 급하게 진행되다 보니...
평소에 '결혼' 하면 떠올리고 꿈꿔왔던 것들은 전혀 기대할 수 없었습니다.
아니, 낭만은 둘째치고 현실적인 문제와 경제적인 문제 때문에
예식장과 신혼여행을 급히 예약했고,
그 외 다른 것들도 마찬가지였습니다.

그리고 제일 중요한 우리의 보금자리를 알아볼 차례가 되었죠.
둘 다 일을 했기 때문에 서로의 직장 중간쯤의 동네로 정하고 알아봤는데
그때가 한창 '전세 대란'이란 말이 나돌 때라
마땅한 집을 구하기가 힘들었습니다.

그런데 그 사람이 혼자 몇 날 며칠 다리품을 팔고 다니더니
좋은 조건의 집을 발견했다며 같이 가보자는 겁니다.

하지만 그곳은 우리가 원했던 동네와는 한참이나 떨어져 있었고,
덩그러니 세 개 동만 있는 휑한 아파트였죠.
게다가 지은 지 15년이나 돼서 무척 낡고 허름했습니다.
집을 보러 가보니, 초등학교 다니는 사내아이 두 명이 살던 집이라
여기저기 온통 낙서에다, 문손잡이는 죄다 부러져 있고
삐거덕거리기까지 했습니다.
제가 기대했던 것과는 달라도 너무 달랐기에
실망한 표정을 감출 수가 없었죠.

"여기가 딴 데보다 좀 떨어져 있어서 그렇지, 전망도 좋고 아주 조용해.
뭐, 주변에 마트는 없지만 어차피 둘이 맞벌이라니깐...
퇴근하면서 장봐 오면 되고, 도배랑 장판은 내가 해줄게.
가격 조정도 더 해주고..."
주인아주머니는 제 눈치를 보며 이렇게 계속 설득하셨죠.
게다가 그이는 싸고 조용한 이곳이 무척 맘에 드는 눈치였습니다.
그럼에도 불구하고 제가 계속 말이 없자, 그는 재촉하기 시작했습니다.
"집 어떠냐니까? 응? 응?"

그때 갑자기... 저도 모르게 눈물이 쏟아지기 시작했습니다.
그 앞에서 우는 게 처음이었던지라,
그 사람이 더 당황하는 거 같았죠.
저도 울려고 했던 건 아닌데, 그냥 자꾸 눈물이 나더라구요.
내가 꿈꾸던 집이 아니라서?
그는 제가 그 이유 때문에 우는 거라 생각했지만,
사실 그 때문만은 아니었습니다.
너무 급하게 날을 잡고 준비하면서 이게 과연 옳은 건지

내가 정말 결혼이라는 걸 하는 건지...
과연 우리가 행복할 수 있을지...
정말 생각이 많았거든요.
그런 모든 감정이 툭 하고 터져나온 거죠.

그렇게 일단 각자의 집으로 돌아왔는데
그날 밤 그에게서 문자가 왔습니다.
"다시는 그렇게 울지 마. 내 맘이 더 아프잖아.
이제부턴 절대로 너 안 울린다. 행복하게 해줄게."
그 문자에 감동받아, 저는 또 눈물을 뚝뚝 흘리면서
왠지 평생 이 사람을 믿고 의지해도 되겠구나, 싶더라구요.

덕분에 우리는 무사히 결혼식을 올렸고
바로 그 집에서, 아기자기하게 꾸며놓고 예쁘게 살고 있네요.
그리고 살아가면서 힘든 일이 있을 때면
그때 신랑이 보내준 문자를 꺼내 보며 힘을 얻곤 한답니다.

 러브, ♥ 게임의 법칙

사랑하는 사람이 흔들리고 있다면, 믿음을 줄 수 있는 말을 건네보세요. 당신이 진심
을 담아 건넨 그 한마디가 그 사람에게는 힘을 내서 살아갈 이유가 될 수도 있으니까요.

## 이대로 보낼 수 있을까?

4월의 어느 날, 학교 기숙사에 있던 저는
잠 한숨 못 자고 새벽 3시까지 과제를 하고 있었습니다.
그때 갑자기 온 문자 한 통.
"자...니?"
우리 과 대표였습니다.
과제 때문에 연락했다며, 거의 다 했는데 너무 졸려서
나머지는 아침에 해야겠다고 하더라구요.
그러면서 모닝콜을 해달라고 부탁하는데,
사실 좀 어색하긴 했지만 안 해줄 이유도 딱히 없기에
"언제 해줄까?" 하고 물어보았죠.
근데 이 녀석, 그사이 잠들어버렸는지 답장이 없는 겁니다.
그렇게 30분쯤 후 그에게 문자가 왔습니다.
"나 좋아하는 사람 생겼는데..."

갑자기 연락해서 뜬금없이 이런 얘기를 하는 게 좀 웃기기도 하고 호기심이 발동해서 그에게 바로 전화를 걸었습니다.

"어머, 누구야? 누구? 궁금하다... 봉선이? 은이? 정아...?

누구? 아! 아, 소현이?! 맞다! 내가 눈치 채고 있었어...

소현이구나... 하하... 어? 아냐?"

저는 우리 과 모든 여자애들의 이름을 대며 혼자 신나게 재잘거렸습니다.

근데 한참을 아무 말 없이 듣고 있던 그 사람,

숨을 깊이 들이마시는가 싶더니...

"아니... 내가 좋아하는 사람... 너야!"

이러는 겁니다! 그 순간 너무 놀라 아무 말도 못했는데,

갑자기 저도 모르게 눈물이 쏟아지는 겁니다.

사실 제가 이 친구를 좋아하고 있었던 건 절대 아닙니다.

그런데 왠지 모르게 눈물이 나면서 가슴 벅찬 행복이 느껴지는 거예요.


그 새벽의 뜬금없는 고백으로, 우린 금세 캠퍼스 커플이 되었고

정말 애틋한 연애를 했습니다.

그리고 1년 후, 그는 군대에 가게 되었고

저는 전역하는 날까지 매일 편지를 쓰며

우리 사랑을 더 돈독하게 만들어갔습니다.

남자친구가 무사히 제대를 하고 다시 학교에 복학할 때쯤,

저는 이미 졸업해서 직장에 다니고 있었습니다.

우리는 서로에게 일어난 크고 작은 일들을 함께하며 6년 동안 잘 만나왔죠.


그러던 어느 겨울, 제 실수로 크게 다투고 말았습니다.

일이 있어 가야 하는 그 사람에게 가지 말라고 투정을 부리고 화를 냈죠.

"꼭 가야 되는 거야? 나랑 그냥 놀자~ 응? 응?"

"나도 너랑 있고 싶은데... 일이 있으니까 어쩔 수 없잖아~"

결국 저는 평소에 그가 싫어하는 표정을 지으며 버럭 화를 냈고,

싸움은 커져버렸죠.

그날 저녁, 그는 속 깊게 먼저 미안하다며 연락해왔지만

저는 대꾸조차 하지 않았습니다.
제 잘못이 크다는 걸 알았지만, 괜한 자존심을 부렸던 거죠.
결국 며칠 동안 그의 애를 태우고 나서야 연락을 했지만
그 사이 남자친구는 많이 지친 듯 보였습니다.

그 후로 우리는 예전처럼 자주 연락하지 않았고,
사이사이 연락이 닿아도 이상하게 자꾸 말다툼으로 이어지게 되더라구요.
한 달 동안 우린 서로 마음을 정리했고
그렇게 몇 달을 보내고 어느 카페에서 만나기로 했죠.
누가 먼저랄 것도 없이...
이 상황이 너무 힘들었기에 덤덤하게 이별을 얘기하고
카페를 나와, 그 사람이 택시를 잡아주었습니다.

이건 아닌데... 이건 아닌데... 그렇게 계속 울다 신호에 걸렸고...
안 되겠다 싶었던 저는 택시 아저씨한테
아까 택시를 탔던 그곳으로 가달라고 했습니다.
다행히... 아직 그 사람, 고개를 푹 숙인 채로 그 자리에 서 있었죠.
"아직 안 갔어...? 미안해... 진짜... 나 못 헤어지겠어... 엉엉~"
고개를 든 그 사람도 저처럼 울고 있었습니다.
그리고 저를 꼭 안아주었죠.

러브, ♥ 게임의 법칙

사소한 다툼을 섣불리 이별로 연결 짓지 마세요. 서로 다른 사람이 만나 연애를 하면서
언제나 행복할 수만은 없습니다. 투닥거리고 싸우면서, 서로를 알아가고... 그 힘으로
더 많은 세월을 함께하는 게 진짜 사랑 아닐까요?
BGM 아무리 생각해도 난 너를 - 스윗소로우

# 사랑은 물들어가는 것

매일 아침, 집에서 10분쯤 걸어 나와 버스를 탔습니다.
올빼미형 생활 패턴을 가진 저는 밤에는 팔팔하지만,
아침엔 정말 상태가 안 좋았죠.
부랴부랴 버스 시간에 맞추기 위해,
외투 단추를 잠그며 달리는 일이 부지기수였습니다.
조금만 덜 자면 되는데도 그 유혹을 뿌리치지 못해
늘 얼굴은 푸석푸석하고, 정말 가관이었죠.

그날도 급히 버스에 올랐는데,
웬 총각이 저를 계속 쳐다보는 겁니다.
그리고 다음 날도, 그다음 날도...
그 남자는 저와 같은 버스를 탔고
늘 저를 쳐다보았죠.

그의 준수한 외모와 옷맵시가 제 호기심을 자극했고

그날 저는 어디서 그런 용기가 났는지...
혹시 전에 우리 만난 적이 있냐며 먼저 말을 걸었습니다.
"아, 저... 어디서 뵙긴 했는데 생각이 안 나서... 생각 좀 하느라구요~"
"아? 혹시 제 친구 오빠 아닌가요? 아닌가? 그럼 누구시더라?"
서로 기억이 안 나서 우물쭈물하는 사이 회사에 도착했는데
그 남자가 저랑 같은 데서 내리자, 드디어 누군지 생각이 나더군요.

그는 얼마 전 입사한 신입사원이었는데,
첫날 저희 부서에 인사하러 왔을 때, 잠깐 얼굴을 마주친 적이 있었죠.
저보다 두 정거장 먼저 버스를 탔던 그는
며칠 동안 푸석푸석한 얼굴로 버스를 향해 미친 듯이 내달리는
제 모습을 그렇게 지켜보고 있었던 겁니다.
'아니, 신입사원 앞에서 아침마다 화장도 안 하고
추하게 달리는 모습을 보여주다니!
정말 창피하다! 내일부턴 일찍 나가야지!'

다음 날부터 저는 정말 작정을 하고,
그와 다른 시간대의 버스를 타기 위해 10분 정도 일찍 나갔습니다.
하지만 그 다짐도 며칠뿐...
11월의 마지막 날, 또 그와 같은 버스를 타고 말았죠.
여전히 늦어서 허둥대는 모습으로요.
그와 저는 부서가 달라서, 그보다 20분 정도 일찍 출근해야 하는데도
저는 늘 아슬아슬하게 나갔고
그는 30분이나 일찍 집을 나서서, 여유 있게 출근하던 참이었죠.

그날도 버스에서 내리자마자 냅다 사무실을 향해 달려가는
제 모습을 보며 그는 혀를 끌끌 찼습니다.
"나 같으면 아침에 그렇게 안 뛰고. 10분 일찍 나오겠구먼~"
그 소리에 기분이 나빴지만, 일단 사무실에 빨리 들어가는 게 우선이라

그냥 무시하고 가고 있었습니다.

그런데 사무실에 다 왔을 때쯤,
그가 지갑을 안 가져왔다며 오백 원을 빌려달라고 하더군요.
저는 다른 사람들의 눈이 두려워,
오백 원을 얼른 꺼내주고 사무실로 달렸죠.
그 후로 한 달간은 그와 같은 버스를 타지 않았습니다.
그만큼 아침마다 피나는 노력을 했던 거죠.

그러던 어느 날, 사무실로 전화 한 통이 걸려왔습니다.
"저~ 담뱃값 빌린 사람입니다.
담뱃값 이자로 커피도 살 테니 저녁에 시간 좀 내주시죠."
그의 저돌적인 데이트 신청을 계기로 만나기 시작한 우리는
어느새 사내 커플이 되었습니다.

그 후 3년간의 연애 끝에 결혼해서 20년 넘게 잘 살고 있답니다.
부지런하고 준비성 많은 남자랑 살다 보니
저 역시 자연스레 아침형 인간으로 길들여져
더 이상은 늦거나, 허둥대는 일도 없어졌고요.

러브, ♥ 게잉의 법칙

사랑은 처음부터 서로 닮은 두 사람이 만나는 게 아니라 함께 있는 동안 서로를 닮아가
는 것입니다. 하얀 빛과 검은 빛이 만나 회색으로 물들어가는 것, 그게 사랑이겠죠.

# 소박하지만, 진심을 담아

연애할 때, 그는 정말 자상한 남자였습니다.
커다란 곰 인형에 그의 이름을 새긴 명찰을 달아주면서
"내가 옆에 없어도 이 녀석이 널 지켜줄 거야!"라며
로맨틱한 말을 해준 적도 있고,
소나기가 내리던 날, 미처 우산을 챙기지 못했던 저에게
퀵으로 우산을 배달해준 적도 있습니다.
우산에 장미꽃 한 송이까지 묶어서 말이죠.
그의 자상함과 낭만적인 면에 이끌려 행복한 결혼생활을 꿈꿨지만
현실은 너무나 달랐습니다.


아이가 생기면서 저는 직장을 그만두고
살림과 육아에 바쁜 전업주부가 되었거든요.
항상 반복되는 일상과 육아 스트레스로
몸과 마음 모두 많이 지쳐갔죠.
그 사람 역시 바쁜 회사 업무 때문에 늘 밤늦게 귀가했고

달콤한 사랑 표현은 커녕,
입만 열면 피곤하다는 말뿐이었습니다.

그렇게 우린 무심한 얼굴로 필요한 대화만 주고받았습니다.
"나 왔어. 밥은?"
"애기는 잘 놀았고? 나 들어가 쉴게."
그러다 보니 늦은 시간이 되어서야 겨우 만나는 신랑 앞에서
제가 하는 말이라곤 고작 이런 것뿐이었습니다.
"내가 오늘 얼마나 힘들었는지 알아?
하루 종일 애하고 씨름하고, 밥하고, 청소하고...
당신은 만날 늦고! 내가 이러려고 결혼한 줄 알아?"
점점 우리 부부 사이는 멀어져가는 듯 보였죠.

그날도 어김없이 늦게 귀가한 그...
그런데 어딘가 좀 달라 보였습니다.
여느 때보다 초췌한 얼굴에, 축 늘어뜨린 어깨...
그리고 한 손엔 소주 한 병이 담긴 비닐봉투가 들려 있었죠.
한참 동안 혼자 말없이 소주잔을 비워가던 신랑이
드디어 입을 열었습니다.
"미안하다... 고생만 시켜서..."

그 한마디에 왜 그리 눈물이 나던지...
그동안 투정 부렸던 게 너무 후회가 되더라구요.
그 사람도 가장으로서 어깨가 무거웠을 텐데...
제 처지만 불평하고 위로받고 싶어했던 게 너무 후회스러웠습니다.

그리고 며칠 후, 친정 일로 1박 2일 동안 집을 비우게 되었습니다.
문득 그 사람이 나 없는 동안 혼자 집에 돌아와 현관문을 열었을 때,
웃을 수 있게 해줘야겠다는 생각이 들었습니다.

며칠 전, 술을 마시던 그의 초라한 얼굴이 내내 마음에 걸렸거든요.
그래서 현관문, 화장대, 옷장, 집 안 여기저기
메모를 붙여두고 나갔습니다.

'오늘도 고생 많았어요! 수고했어요! 사랑해~'
'당신이 있어 우린 너무 행복해!'
'당신 좋아하는 불고기, 소시지볶음!
옵션으로 시원한 소주는 냉장고 두 번째 칸!'
'자기가 장동건보다 더 멋져!'

다음 날 친정에서 돌아와보니
화장대 위에 작은 메모가 붙어 있더군요.
"고맙고, 사랑해... 내 힘의 원천은 당신인 거 알지?"

 러브, ♥ 게임의 법칙

서로에게 시들해지는 것 또한 사랑하며 겪는 하나의 과정이고, 그 시기를 슬기롭게
이겨내야만 더 돈독한 사랑을 얻을 수 있는 것 아닐까요? 당신의 맘을 알아달라고
강요하기 전에 상대방의 마음을 먼저 읽으려고 노력해보세요.
　　　　　　　　　　　　　　　　　　　　　　BGM 고마워요 - 화재군

# 아주 오래된 연인들

"야! 솔직히 니네 그게 진짜 사랑이냐?
미운 정 고운 정 들어서 그냥 만나는 거 아냐?"
스무 살 때부터 7년째 연애중인 남자친구와 저를 두고,
주변 사람들이 수도 없이 던지는 얘기입니다.
그날도 연락 없는 전화기를 보며 한숨짓고 있는 저에게,
친구는 이렇게 핀잔을 줬죠.
그럴 때마다 무지 속상했지만, 겉으로는 대수롭지 않은 듯 대꾸했습니다.
"야~ 니네가 뭐 사랑을 알겠냐? 우린 다른 사람들이랑은 달라.
모르면 좀 가만있어!"

하지만 그날따라 친구들이 하는 모든 말이 제 맘을 혼란스럽게 했습니다.
그래서 남자친구한테 밖으로 잠깐 나오라고 문자를 보냈는데,
1시간이 지나도록 답장이 없는 겁니다.
연애 초에는 전화기가 뜨거워질 정도로 밤새워 통화하던 우리였는데...
아무리 바빠도 하루에 한 번은 꼭 만나던 우리였는데...

어느덧 통화도 며칠에 한 번 하는 꼴이고...
문득 따져보니, 그 사람과 마지막으로 데이트를 한 것도 지난달이더군요.

가슴에서 끓어오르는 답답함에, 결국 그를 공원으로 불러냈습니다.
"웬일이야? 어? 그러고 보니 우리 완전 오랜만이네. 그치?"
제 심각한 얼굴을 보고도 저렇게 웃으면서 말이 나오는지...
순간 울컥하더라구요.
"뭐? 오랜만? 애인끼리 오랜만이라니... 그런 말이 어울린다고 생각해?"
그는 가시 돋친 제 얘기를 듣고 그제야 심각함을 느꼈는지,
그동안 무슨 일 있었냐고 조곤조곤 묻기 시작했습니다.

"너, 나 왜 만나니? 나 좋아해?
일주일에 한두 번 전화하고 한 달에 몇 번 만나지도 않는 게
이게 연애니? 그냥 친구 아냐?"
남자친구는 당연히 좋아하니까 사귀는 거지, 무슨 소리냐며 당황했지만
저는 울면서 제 속에 쌓여 있던 말들을 다 쏟아냈습니다.
"나 창피해! 친구들이 너랑 내가 형제 같다더라!
이러다 결국 헤어질 거래. 그냥... 이제... 우리 그만 하자.
난... 설레고, 안 보면 보고 싶은 그런 연애를 하고 싶다구!"
그렇게 쏟아붓고 난 뒤 뒤돌아서 가는데,
남자친구는 저를 붙잡지도 않았습니다.
'하! 어떻게 잡지도 않냐! 기막혀...
그래! 역시 나 혼자 하는 사랑이었구나...'

그 후 몸도 마음도 너무 아파 며칠 동안 시름시름 앓고 있을 때,
남자친구가 저희 집에 편지를 주고 갔더라구요.
연애 초에 받아보고 정말 오랜만에 받아보는 편지...
떨리는 맘으로 읽어 내려갔죠.
'우리가 만나온 시간이 오래되었다는 건...

단순히 숫자의 많고 적음이 아니라
서로에 대한 믿음이 단단해졌다는 거 아닐까?
나도 모르게 서로에게 물들어버려서... 이젠 하나처럼 느껴지는 거...
난 이게 진짜 사랑이라고 생각해.
누구나 살다가 한 번씩은 일탈이 하고 싶듯...
너도 지금의 우리 사랑에서 한 번쯤 벗어나고 싶을 때도 있을 거야.
하지만 그 마음이 지나가면 끓고 넘치는 사랑놀이 대신
존재만으로 힘이 되고 편안한 사랑이 그리울 거야.
난 너 믿으니까 그때 다시 오면 된다. 기다릴게.'

그는 긴 편지와 함께, 며칠 전에 제 생각이 나서 샀다면서
고양이 모양의 브로치를 넣어두었더라구요.
제가 평소에 브로치를 모으는 게 취미인데
그걸 잊지 않고 챙겨주는 그의 마음이 너무 예쁘고 고마웠습니다.
그리고 제 자신이 얼마나 어리석었는지도 깨달았죠.

그렇게 우린 다시 만나게 되었고,
지금도 여전히, 처음 연애할 때처럼
매일 설레고 뜨겁게 달아오르는 연애를 하는 건 아닙니다.
하지만 서로가 곁에 있는 것만으로도 참 흐뭇하고,
든든한 사랑을 하고 있죠.

 러브, ♥ 게임의 법칙

오래된 연인들에게, 처음의 설렘은 조금씩 빛이 바랠지 몰라도 그들 사이에는 그 감
정과는 비교도 할 수 없는 단단한 믿음이 생겨납니다. 긴 세월 동안, 크고 작은 다툼
을 통해 만들어낸 그 믿음을 이길 수 있는 것은 아무것도 없으니까요.

# 그땐 미처 알지 못했던 것들

우리는 비슷한 점이 참 많았습니다.
사진 찍기를 좋아하고, 맛있는 음식점을 찾아다니는 취미까지
그야말로 찰떡궁합이었죠.
그런데 남자친구는 맛있는 걸 좋아하는 것에서 그치지 않았습니다.
군대에 있을 때부터 먹는 걸로 스트레스를 풀기 시작하더니,
제대 후에도 그 버릇이 남아서 그런지, 점점 살이 찌기 시작했습니다.
그렇게 한 해 두 해가 지나고 보니,
키 181cm에 72kg이던 날씬한 모습은 사라지고
115kg의 거구가 돼버렸습니다.

그러는 사이 남자친구는 대학을 졸업하고 여러 곳에서 면접을 봤지만
매번 낙방을 하면서 점점 자신감을 잃어가는 듯했습니다.
취업 문제로 힘들어하는 그를 지켜보는, 저 역시 많이 속상했죠.
면접에서 계속 떨어지는 건 아무래도
뚱뚱한 몸 때문이라는 생각이 들었습니다.

"살 좀 빼봐, 살 빼면 바로 취업 된다, 너!
바나나 다이어트, 콩 다이어트... 뭐, 다이어트도 종류별로 많잖아.
한번 해봐~ 응?"
제 얘기를 듣더니, 남자친구도 요즘 살이 쪄서 그런지
조금만 걸어도 숨이 많이 차더라며 다이어트를 해보겠다고 했습니다.
"그래! 살 빼서 취직도 하고, 건강도 챙기고!
나 야식도 안 먹을 테니까, 기대해~ 내가 꼭 성공하고 만다!"

하지만 그의 몸무게는 시간이 흐를수록
줄어들기는커녕 점점 늘어가기만 했습니다.
그런 남자친구를 몇 개월간 지켜보다 보니,
저도 모르게 짜증을 부리는 일이 잦아졌죠.
"너 밤에 뭐 먹지? 그렇게 막 먹으면 어떻게 해!
너 그러다 진짜 돼지 되려고 그래? 정신 좀 차려봐!"
어느 날 저도 모르게 좀 심하다 싶은 말을 내뱉고 보니
남자친구의 표정이 일그러져 있었습니다.
"넌 내가 부끄러운 거지? 같이 다니기 창피하니깐 살 빼라는 거 아냐?"
"아니... 너 어떻게 그런 말을 해?"
"휴... 너 요새 잔소리 진짜 심한 거 알아?
요즘은 니가 정말 내 걱정해서 그런 거라는 생각이 별로 안 들어.
솔직히 난 나를 바꾸려는 사람보다는 있는 그대로 좋아해주는 사람이 좋다."

저는 오해라고 언성을 높여봤지만
한번 틀어진 감정을 추스르긴 어려웠습니다.
그 후로도 번번이, 왜 너는 날 이해해주지 못하냐며
싸우기 일쑤였고 만날 때마다 서로를 원망했죠.
그러다 결국 우리는 서로를 미워하며 헤어지게 됐습니다.

그렇게 헤어진 지 7개월이 지난 며칠 전,

지하철 안에서 그를 보았습니다.
그는 제가 처음에 사랑에 빠졌던 그때의
아주 날씬한 모습으로 돌아가 있었죠.
"어, 오랜만이야! 다이어트 성공했구나? 보기 좋다~
나도 요즘 나잇살도 좀 붙고, 살이 좀 찌는 것 같네~
니 비법 좀 가르쳐줘봐."
"비법은 뭐, 별거 없어. 지금 만나는 여자친구랑 데이트할 때마다
같이 걷고, 같이 굶고, 운동하거든.
그렇게 한참 하니까 25kg이 쑥 빠지더라."

그 얘기를 듣는 순간, 제 자신이 너무 초라하게 느껴졌습니다.
사실 저는 그를 위한답시고 다이어트를 강요하기만 했지,
그와 함께 해준 건 아무것도 없다는 사실을 깨달았거든요.

서로 웃으며 마지막 인사를 나눈 뒤
지하철에서 내리는 그의 뒷모습을 보고 있자니...
제 마음도 몰라준다고 원망하던 그때의 마음은
눈 녹듯 사라졌습니다.

 러브, ♥ 게임의 법칙

사랑은 일방적인 강요가 아닌, 무엇이든 '함께' 하는 것입니다. 상대방을 바꾸기 위
해 다그치고 강요만 한다면 그 사람은 점점 더 작아질 거예요. '나를 사랑하지 않는
다'는 불신도 생기겠죠. 무슨 일이 있어도 '너를 사랑하는 마음은 변함없다'는 믿음
만은 흐트러뜨리지 마세요.

BGM 사랑은 - 리쌍(feat. 정인)

# 지나고 보면 너무나 사소한 것들

오늘도 남편과 부부싸움을 했습니다.
저는 욱하는 다혈질의 B형, 남편은 완전 소심한 A형입니다.
그이는 늘 빨래를 뒤집은 채 세탁 바구니에 넣어버리고
아이들이 책을 읽어달라고 하면 귀찮다 하고
저녁때 쓰레기 좀 버려달라고 하면
그것도 하기 싫다며 컴퓨터 앞에만 앉아 있는데,
그런 신랑이 절대 곱게 보일 리가 없었죠.

그래서 화를 내면, 남편은 곰이 된 것처럼
멀뚱멀뚱 듣고만 있다가 겨우 한마디 했습니다.
"그래, 내가 미안하다."
그 미안하단 한마디에 더 열이 받기 시작한 저는
당신이 뭘 잘못 했는지는 아냐고 따져 물었습니다.
"어? 어... 전부 다..."
남편의 이런 성의 없는 대답에 저는 더 화가 났습니다.

왜 남자들은 뭘 잘못했는지 구구절절 다 설명을 해줬는데도
나중에 뭘 잘못했는지 아냐고 물으면
"무조건 내가 다 잘못한 거야"라며 대충 넘기려고만 하는지...
제가 원했던 대답은 그런 게 아닌데,
매번 반복되는 싸움에 점점 지쳐갔습니다.
매일같이 싫은 소리를 듣는 사람도 고역이겠지만
매번 똑같은 말을 하는 저도 너무 힘이 들어서
오늘은 웬만하면 참으려고 했습니다.

그런데 또 싸우고 말았네요.
오늘도 불같이 화를 내는 저를 보며 남편은 기죽은 목소리로,
"미안해..." 이 한마디 하더군요.
그런데 제가 안방 문을 닫고 들어가니까
바로 TV를 켜고 혼자 낄낄거리면서 보고 있는 겁니다!
그 소리에 점점 더 화가 났지만 혼자 마음을 다스리며 앉아 있는데,
어느 순간 남편의 얄미운 웃음소리도 들리지 않더라구요.
무슨 일인가 궁금해서 문을 슬며시 열어봤더니
남편도 없고, 작은 방에 있던 아이들도 안 보이는 겁니다.
'뭐야... 나만 두고 다들 어딜 나간 거야?'

그렇게 궁금해하고 있는데, 남편과 애들이 들어오는 소리가 들렸습니다.
저는 후다다닥, 안방으로 들어가 화난 척 시치미 뚝 떼고 앉아 있었죠.
"여보~ 뭐 해?"
"왜 문은 맘대로 열고 그래? 왜!"
"애들이랑 나가서 니가 좋아하는 거 사 왔다~ 우리 이거 먹자!"
남편이 쓱 내민 검은 봉지 안에는
제가 제일 좋아하는 떡볶이와 순대가 들어 있었습니다.
저리 치우라고 하자, 이번엔 아이들이 쪼르르 달려와 제 손을 끌어댑니다.
"엄마, 이거 먹자~ 우리가 가서 많이 달라고 그랬어. 응~ 나가장~"

애들의 애교에 못 이기는 척 따라 나갔더니,
남편은 말없이 음식을 꺼내놓았습니다.

그렇게 우리의 싸움은 끝났고
화해 무드가 조성되기 시작했죠.
"에이 참, 당신은 애들보다 더 묻히고 먹네.
일루 와봐. 닦아줄게~"
"어, 맵지? 내가 물 갖다 줄까?"
먹는 내내 제 기분을 풀어주려고 노력하는 그의 모습을 보면서
이렇게 착한 사람한테 왜 별것도 아닌 일로
그렇게 화를 냈을까, 싶어지더군요.

러브, 게임의 법칙

애들만 싸우면서 크는 게 아니라, 어른들도 싸우면서 큽니다. 매일 똑같은 일로 싸우
고, 또 금방 화해도 하고 그렇게 지지고 볶고 살면서, 점점 사랑도 깊어지는 거겠죠.

## 너무 늦어서 미안해

그 사람과 사귄 지 6개월쯤 되었을 때
제 친구들은 그렇게 꽁꽁 숨겨놓지 말고
보여달라고 아우성이었습니다.
그래서 날을 잡아 친구들을 불러놓고
일명 '남자친구 신고식'을 하게 됐죠.
워낙 여자 앞에서는 더 내성적으로 변하는 그는
밥도 먹는 둥 마는 둥 하더니 급기야 일이 있다며
먼저 일어나겠다고 하더군요.
서운한 마음이 들었지만, 친구들의 의아한 눈빛 때문에
그냥 태연하게 보내줬습니다.
"어, 그래? 그럼 오빠 먼저 가. 난 애들이랑 놀다 갈게~"

그가 자리를 뜨자, 친구들은 "착해 보인다" "성격 좋네"
"심심하진 않냐" 등등 각자의 평을 내놓더군요.
그런데 한 친구가 심각하게 이러는 겁니다.

"근데 너무 내성적이다~ 저러면 사회생활을 어떻게 하니? 답답하겠어!"
그러자 나머지 친구들도 다들 제 눈치를 보며
그에 대한 나쁜 점들을 털어놓는 겁니다.
"그래, 남자가 너무 여성적이다, 얘! 니 남친... 친구 없지?"
"그리고 키가 너무 작지 않냐? 너보다 작잖아..."

처음엔 웃으며 듣던 이야기가 점점 길어지자, 저는 기분이 상했고
결국 피곤하다는 핑계를 대고 자리를 떠났습니다.
집에 돌아와 생각하니,
제 키에 비해 많이 작았던 그의 모습도 떠오르고
친구들 앞에서 말 한마디 제대로 못하는 그와
친구들의 어색한 눈빛도 자꾸 생각났습니다.

며칠이 지나 그를 만났지만
이전처럼 반갑거나 설레는 마음이 들지도 않고
더욱 말이 없어진 그의 모습에 점점 짜증이 나기 시작했죠.
"자기 친구들이 나보고 뭐래?"
"오빠? 그냥 뭐... 그렇지..."
그는 저의 어정쩡한 태도를 보고 눈치를 챘는지
더 이상 묻지 않았습니다.

예전엔 하루가 멀다 하고 만났는데,
그날 일을 계기로 이틀에 한 번, 5일에 한 번...
그러다 2주에 한 번씩 만나게 되었고
저는 누가 소개팅을 해주겠다고 하면
그 자리에 나가기까지 했죠.

그렇게 자연스레 우리는 멀어졌고
이렇다 할 헤어짐의 인사도 없이, 마치 선후배처럼

가끔 안부를 묻는 사이가 돼버렸습니다.
그리고 몇 년의 시간이 지나고 나서야
그와 만날 땐 몰랐던 것들을 깨닫게 되었죠.
그 사람이 삼형제 중 막내이고, 남중, 남고, 공대를 나와
여자들과 대화하는 것조차 어색해하던 그런 남자였다는 것을요.
그리고 사랑은 그 사람과 제가 하는 것인데...
그렇게 친구들의 한마디 한마디에 신경 쓸 때마다
그는 점점 제게서 멀어질 수밖에 없었음을
너무 뒤늦게 깨닫게 되었습니다.

 러브, ♥ 게임의 법칙

연애란 오직 그 사람과 당신, 두 사람만의 몫입니다. 타인이 아닌, 당신의 눈으로 보
는 그 사람이 진짜라는 것 잊지 마세요.

BGM 가질아 - 신승훈

더 많이
사랑하게 되는...
#06.여섯번째 이야기

# 내가 널 얼마나 사랑하는지

그 사람과 3년을 만났습니다.
얼마 전부터 우리 둘 사이에 자연스레 결혼 얘기가 오가기 시작했고
저 역시 '내가 결혼을 한다면, 당연히 이 남자와 하겠구나' 여겼죠.
그러다 보니 이제 서로의 집에 인사를 할 타이밍이 다가온 겁니다.

사실 그는 꽤 오래전부터 우리 집에 놀러 오고 싶어했습니다.
부모님도 뵙고 싶은 듯했지만,
저는 계속 이 핑계 저 핑계 대며 미루고 있었죠.
물론 저 역시 남자친구의 집에 발걸음하지 않았습니다.
3년이나 만났고 결혼할 사이인데,
그렇게 어느 선 이상으론 넘어올 생각을 않는 저에게
그는 많이 서운해하는 눈치였죠.

그날도 그는 제 손을 잡고 길을 걷다가 불쑥 얘기를 꺼냈습니다.
"자기네 집에... 나 언제 데려갈 거야?"

"어… 나중에. 나중에 다 할 건데, 뭘 그렇게 서둘러.
그건 그렇고… 어제 산 자기 옷 말이야…"
늘 그랬듯 제가 우물쭈물 대답하며 화제를 돌리려 하자,
그가 버럭 화를 냈습니다.
"니 말대로 언젠간 꼭 할 일인데, 왜 그렇게 자꾸 미루기만 하니?"

우리는 이 문제로 번번이 싸웠지만,
그래도 저는 뜻을 굽힐 수 없었습니다.
몇 년 전 아빠의 사업이 잘못돼, 초라한 반지하 방에 살고 있는 우리 집을
그에게 보일 자신이 없었기 때문이겠죠.

사실 우리는 초등학교 동창입니다.
그리고 대학 때 우연히 다시 만나 연인이 되었습니다.
어릴 때만 해도 우리 집은 잘 사는 편이었기 때문에
그는 아무것도 모르고 있었던 거죠.
스물두 살, 우리가 갓 사귀기 시작했을 때만 해도
이렇게 결혼 얘기까지 오갈 줄은 몰랐기에,
그에게 솔직하게 말할 타이밍을 놓쳐버렸던 겁니다.

하지만 이제 더 미루다가는 서로의 감정까지 상처 내게 될까봐
용기를 내기로 했죠.
"너희 집 갈 때 뭐 사 가면 좋을까? 어머니 뭐 좋아하셔?"
우리 집에 가기로 한 며칠 전부터
그 사람은 뭘 준비할지, 무슨 얘길 할지, 이래저래 참 분주했습니다.
그런 모습을 지켜보는 제 마음은 그저 심란할 뿐이었죠.
'우리 집이 그렇게 못사는 거 알면… 실망하지 않을까?
얘네 집은 잘사는 편이니 이런 거 이해 못할지도 모르는데… 어떡하지…'

결국 며칠을 고민한 끝에 약속 날 아침, 그에게 문자를 보냈습니다.

'미안한데, 내가 몸살이 났나 봐.
우리 집에 오기로 한 건 다음으로 미루자.
그리고 내가 머리가 좀 복잡해. 생각할 게 있으니까...
일주일만 연락하지 말고 지내자. 이유는 나중에 얘기해줄게.'
그리고 그에게 걸려오는 전화는 받지도 않았습니다.
회사와 집만 왔다 갔다 하면서, 그와의 결혼에 대해 진지하게 고민해봤죠.
집안 형편 때문에 이렇게 자신없어하는 제 자신도 싫고
결혼 자체에 대해서도 온통 부정적인 생각만 하게 됐습니다.

그렇게 3일쯤 지났을까?
퇴근 후 집에 왔는데, 우리 집에 그가 와 있는 겁니다!
우리 집 부엌에서, 엄마와 함께 저녁상 차리는 걸 도우면서
저를 맞이하더군요.
"어! 이제 오는 거야? 어머니랑 너랑 먹으려고, 내가 해물탕거리 사 왔어.
어머니가 해물 좋아하신다며! 니 덕에 내가 점수 제대로 땄지, 하하하."
너무 당황스럽고 창피해서 저도 모르게 울고 말았네요.

"누가 자기 맘대로 우리 집에 오래? 어? 누가 오래! 얼른 가버려!"
방으로 들어와 서럽게 울고 있는 저에게
그 사람이 조용히 다가왔습니다.
"얌마! 내가 너에 대해 모르는 게 있을 것 같냐?
혼자서 얼마나 속 끓였어? 난 니가 뭘 어떻게 해도 다 좋아.
그것도 몰랐어? 우리 얼른 결혼하자!"

 러브, ♥ 게임의 법칙

힘겨움을 나눌 수 있고, 언제든지 기댈 수 있는 사람... 우리는 그를 '사랑' 이라 부릅니다. 깊이를 알 수 없는 그 지극한 사랑이 나약해진 당신을 일으켜줍니다.

# 다시 한 번 말할게, 사랑해

대학 동기가 주선한 소개팅을 통해 그 사람을 처음 만났습니다.
동갑이었던 우리는 정말 잘 통했죠.
서울과 인천, 꽤 먼 거리에 살면서도 거의 하루도 안 빠지고 만나면서
매 순간 순간 서로를 애틋해했습니다.
그렇게 4년을 만나고, 스물여섯, 조금 이른 나이에 부부가 되었죠.
정말 아낌없이 사랑한 시간이었습니다.
"자기야~ 우리 진짜 결혼하는 거야? 진짜 이제.. 한집에 살아?
아, 기분이 이상해. 너무 떨려~"

하지만 결혼한 뒤로 우리 관계는 점점 나빠졌습니다.
맞벌이를 하던 우리는 각자 일에 치여
집에 와서는 필요한 말 외엔 서로 대화조차 하지 않았죠.
연애할 때의 애틋함이니 그리움이니 하는 감정은 이미 사라진 지 오래,
오히려 둘 사이의 벽은 높아져만 갔습니다.
게다가 그 무렵, 저희 친정엔 말 못할 사건들이 많았기에

저는 더 힘이 들었죠. 그래도 내 편이 있으면 괜찮을 줄 알았는데...
결혼하면 마냥 좋을 줄 알았는데...
행복한 날보다는 힘든 날이 더 많았습니다.

그러던 어느 날, 회사 건강 검진을 받았는데
혈소판 수치가 너무 낮다는 진단을 받았습니다.
그땐 별로 대수롭지 않게 생각했는데, 얼마 뒤 다른 증상이 생긴 겁니다.
사랑니를 뽑고 한 달이 넘도록 얼굴에 멍이 들어 있어서
덜컥 겁이 난 저는 대학병원 혈액종양내과를 찾아갔습니다.
혈소판 감소증, 난생처음 알게 된 병명...
너무 무서웠습니다.

그 후 열심히 약을 먹었지만 혈소판 수치가 올라가지 않아,
결국 수술을 해야 했습니다.
"어떡해... 무서워... 걱정되고... 수술하면 괜찮아질까? 흑흑... 무서워..."
아픈 뒤로는 신랑이 제 옆에 꼭 붙어 있었지만,
너무 오랜 시간 대화가 없던 우리 사이 웬지 모르게 어색했죠.
수술이 끝난 뒤에도, 아직 마취가 풀리지 않은 제 손을
꼭 잡고 놓지 않을 만큼 신랑은 극진히 보살펴주었지만
저는 여전히 그에게 서운했던 일들만 떠올라, 거리를 두었습니다.

다행히도 수술 후 혈소판 수치가 정상으로 돌아왔고
4년이 지난 최근까지도 정상 수치를 유지하고 있어
완치 판정을 받을 날이 다가오는구나 싶었습니다.
그런데 작년부터 다리 고관절 부분이 시큰거리는 증상이 나타난 겁니다.
수술 후에 다리가 저리긴 했지만, 별일 아니라고 생각했죠.
그런데 얼마 전 다리 아픈 게 너무 심해졌다 싶어서 MRI를 찍어봤더니,
'무혈성괴사'란 진단이 나왔습니다.
왼쪽 다리는 인공 관절을 넣어야 하고

오른쪽도 괴사가 와서 수술을 해야 한다고...

"흑흑... 난 아직 젊은데 왜 자꾸 이런 일이 생기는 거야.
그 사람한텐 뭐라고 말하지?
다 나아서... 함께 행복하게 지낼 수 있을 거라고 믿었는데... 흑흑"
병명을 듣자마자, 신랑의 얼굴이 가장 먼저 떠올랐습니다.
건강할 때 더 많이 사랑할걸...
같이 여행도 자주 다니고, 맛있는 것도 먹으러 다니고 그럴걸...
그냥 내가 먼저 다가갈걸...
너무 많은 후회가 밀려왔습니다.

그리고 지난 4월, 인공관절 수술을 한 뒤로 안정을 취하고 있습니다.
처음엔 너무 속이 상해 밤마다 울었지만
그래도... 그 사람이 제 곁에 있어서 견딜 수 있었습니다.
"그냥 나 혼자 살 거야. 내가 자꾸 아파서... 자기한테 미안하니까..."
"왜 자꾸 나한테 떠나라고 하니...? 내가 네 신랑인데 어딜 가라고.
네가 아무리 힘들어도 난 옆에 있을 거야. 걱정하지 마."

이렇게 못난 마음으로 아무리 심한 투정을 해도
가만히 제 어깨를 안아주면서 함께 울어주던 사람...
언제나 편히 기댈 수 있도록 제 곁을 지켜준 그 사람과
우리 아이들이 있기에, 저는 이 힘든 시간을 이겨낼 수 있습니다.

 러브, ♥ 게임의 법칙

사랑하며 살기에도 부족한 게 인생입니다. 사소한 일에 화내고 싸우는 지금 이 시간
들이 얼마나 덧없는 것인지... 그리고 건강하게 사랑할 수 있는 현재가 얼마나 감사한
지 잊지 마세요.

BGM 위로 - 파랑

# 그대만 있다면, 아무것도 두렵지 않습니다

스무 살, 대학에서의 첫 수업 시간.
한 여자 교수님이 강의실에 들어오시는데, 처음 문이 열릴 때부터
강의가 끝날 때까지 저는 그녀에게서 눈을 뗄 수가 없었습니다.
교수님에게 첫눈에 반해버린 거죠.

그날 이후, 저는 그 수업만큼은 빠짐없이 들었고
쉬는 시간에도 수시로 찾아가 그녀 곁을 맴돌았습니다.
저보다 열 살이나 많은, 그것도 교수님인 그녀를 짝사랑하는 일은
정말이지 힘들었습니다.
'내가 느끼는 이 감정이 정말 사랑일까? 그냥 동경하는 마음을
사랑이라 착각하는 건가? 내가 철이 없어서 이러나...?'
제 자신에게 수없이 되물었습니다.
하지만 분명히, 사랑이었죠.

교수와 학생 사이다 보니 고백할 용기도

적절한 타이밍도 찾지 못하고
반년 동안 혼자 끙끙 앓기만 했습니다.
그러다 여름방학이 시작될 무렵, 드디어 고백을 했죠.
"저... 이런 말씀... 드려도 될지... 저... 교수님을 오래전부터 좋아했어요."
"언젠가 네가 이런 얘기 할 줄 알았어... 근데 정말 부담스러워. 미안하다."

제 나이 스물, 그녀는 서른. 게다가 교수와 학생...
당연히 이런 대답이 나올 거라고 예상했기 때문에
저는 담담하게 사실을 받아들였고,
이후에도 제자라는 명목으로 계속 그녀 곁을 맴돌았습니다.
부담되지 않도록 적당한 선을 지키면서
이렇게라도 편하게 지내는 사이가 됐다는 것만으로도 행복했습니다.

그리고 또 1년의 시간이 지나, 저는 군대에 가게 됐습니다.
입대 전날, 어느 카페에서 그녀를 만났죠.
"준비는 잘 했니? 사실... 언젠가부터 나도 니가 좋아졌지만,
세상이 날 바라보는 시선을 이겨낼 자신이 없어.
너도 이제 다 잊고, 군 생활 잘 하고 와."
그녀도 한때 나를 좋아했다고 했습니다.
하지만 이미 그녀에겐 오래전 일인 듯, 마치 다 정리된 듯 담담해 보였죠.
그렇게 저는 아쉬운 마음으로 입대를 했습니다.

군대에 있는 동안에도 아주 가끔씩 연락은 했지만
그것도 시간이 갈수록 점점 뜸해졌죠.
그리고 어느 해, 친구들을 통해 그녀의 결혼 소식을 들었습니다.
'그래. 어차피 이뤄질 사이도 아니었잖아. 잘됐어... 나도 이젠 잊고 살자.'

그리고 7년의 세월이 지났을 때, 시내에서 우연히 그녀를 다시 만났습니다.
봄비는 시내 한복판, 저 멀리서 그녀가 걸어오는데...

정말이지 제 눈엔 그 사람만 보였습니다.
놓치면 안 되겠다 싶어, 얼른 뛰어가 그녀를 붙잡았죠.
"헉헉, 오랜만이네요. 보고 싶었어요... 잘 지내...죠?"
그렇게 다시 만난 우리는 근처 카페에 들어가 많은 이야기를 나눴습니다.
놀랍게도, 그녀가 첫번째 결혼에 실패한 사실을 알게 됐죠.
그 순간, 저는 확신했습니다.
'우리는 운명이구나! 다시는 놓치지 말아야지!'

7년 전처럼, 선생과 제자 사이도 아니고,
저도 이제는 어엿한 사회인이 되었기에 더 용기를 낼 수 있었습니다.
"그때나 지금이나 나이는 열 살 차이가 나지만 분명한 건,
그때랑은 정말 달라졌다는 거예요. 사귀어달라고 말하지 않을게요.
우리 결혼할래요?"

그녀도 제 마음을 받아줬지만, 두 집안의 반대가 만만치 않았습니다.
주변의 친구, 동생들까지 다 말리는 결혼이었지만
저는 일일이 찾아다니며 설득했고,
결국 모두들 우리의 사랑을 인정해주었죠.
그녀의 마음을 얻기까지 수년의 시간이 걸렸는데,
그에 비하면 주변 사람들을 설득하는 일쯤은 아무것도 아니었습니다.
물론 아주 힘든 과정이었지만, 힘든 줄 몰랐습니다.
이 사랑을 지키기 위해서라면, 얼마든지 견딜 수 있었거든요.

 러브, ♥ 게임의 법칙

사랑을 이길 수 있는 건, 아무것도 없습니다. 각자가 걸어온 인생의 차이, 나이 차이,
주변의 선입견... 그 많은 것들도 두 사람의 애틋한 사랑 앞에서는 힘을 잃게 됩니다.

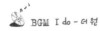 BGM I do - 더 원

# 아플 때 가장 먼저 생각나는 사람

대학에 입학해 처음 들어간 동아리에서
그 사람을 보고 첫눈에 반했습니다.
그와 금방 친해질 수 있을 거란 기대와 달리
그 사람은 일주일 만에 동아리를 나갔죠.
그 뒤로 1년간 긴 가슴앓이를 했지만, 친구의 도움으로
그해 겨울, 드디어 그와 사귀게 되었습니다.

처음엔 정말 행복했지만, 그와 만나다 보니
그동안 막연하게 '캠퍼스 커플은 이럴 것이다'
기대했던 것과는 많이 달랐습니다.
그리고 새 학기가 시작되면서 우리 사이는 점점 멀어졌습니다.
둘 다 연애가 처음이라 서툴렀던 탓인지, 계속 뭔가
틀어지는 느낌인데도 서로 진지한 대화조차 나눠보지 못한 채
5개월 만에 이별을 하게 된 거죠.
"우리 헤어지자. 너도 같은 생각일 거야... 우린 안 맞는 것 같아."

그가 먼저 헤어지자고 했고, 저는 아무 말 없이 받아들였습니다.

불행인지 다행인지, 그와 헤어진 지 2년이 지나도록
학교에서 마주친 적이 한 번도 없었습니다.
헤어진 뒤로 문득문득 그가 생각나긴 했지만
먼저 연락해보고 싶을 정도는 아니었죠.

그러던 어느 날, 이상하게도 그 사람이 자꾸 생각나면서
전화해보고 싶다는 생각이 들었습니다.
하지만... 역시나... 용기가 나질 않더군요.

그 일이 있고 며칠 뒤...
제 마음이 그에게 닿은 건지,
신기하게도 그에게서 전화가 걸려왔습니다.
"잘 지내지? ...동생이 사고가 나서... 사진 정리하고 있었어...
다른 사람한테 내 얘기 전해 듣는 것보다
내가 알려줘야 할 것 같아서 전화했어..."
그 사람은 알아들을 수 없는 소리만 잔뜩 늘어놓고는 전화를 끊었습니다.
문득 불길한 예감이 들어, 사정을 알 만한 후배에게 연락을 해봤더니
얼마 전 그의 동생이 사고로 세상을 떠났다고 했습니다.
저는 바보같이 그런 눈치도 못 채고 가볍게 전화를 끊었던 거죠.
'그 사람 힘들 텐데... 위로해주고 싶다...'

다음 날, 전화를 걸었더니 그 사람은 여느 때처럼 아무 일 없다는 듯
밝은 목소리를 들려주더군요.
어떤 말로도 그의 슬픔을 위로할 수 없을 것 같아
그냥 가만히 그의 얘기를 들어주기만 했죠.
"야~ 나 괜찮아. 훌훌 털고 이겨내야지. 그냥 언제 밥 한 번 사주라."

그리고 또 며칠 뒤,

그 사람이 주말에 만나자고 연락을 해왔습니다.

약속 날, 저는 떨리는 맘을 안고 나갔죠.

저녁을 먹고 술을 한잔 마시자, 그가 조심스레 입을 열더군요.

"나... 너랑 헤어지고 처음에는 맘이 편했어...

근데 1년쯤 지나고부터 계속 연락하고 싶더라...

미안해서 못했는데, 결국 안 좋은 일로 연락하게 됐네.

이번 일 겪으면서 니가 제일 먼저 생각나더라.

너무 늦었지만... 나한테 한 번 더 기회를 줄 순 없을까?"

그와 다시 연락이 닿은 후로

매일 그를 걱정하며 밤잠을 설치던 저였으니,

당연히 제 마음은 그를 따랐죠.

그렇게 조심스럽게 우리는 두 번째 사랑을 시작했습니다.

"내 동생이 자기 빈자리를 채우라고 널 보내준 것 같아.

항상 내 곁에 있어줘서 고마워."

 러브, ♥ 게임의 법칙

사랑하는 이에게 작은 힘이라도 주고 싶다는 마음, 그 소박한 진심들이 차곡차곡 쌓여 견고한 사랑을 빚어냅니다. 그에게 위로가 되고 싶다는 진실된 마음이 당신의 사랑을 오래도록 지켜줄 겁니다.

# 사랑은 상처받는 일을 허락하는 것

2002년, 같은 회사에 다니고 있던 그에게 반해
제가 먼저 용기 있게 대시를 했습니다.
그리고 마침내 그 사람, 제 남자친구가 되었죠.
그렇게 우리는 주변 사람들의 축복을 받으며
2007년 5월로 결혼 날짜를 잡았습니다.
그 사람과 결혼할 날을 기다리는 것만으로도
너무나 행복한 날들이었죠.

어느 주말, 우리는 예식장을 예약하고
신혼여행을 어디로 갈지 한껏 들떠 고민하고 있었습니다.
그런데 갑자기 그 사람이 눈이 너무 아프다고 해,
동네 안과에 데리고 갔죠.
"저... 환자분... 죄송합니다. 큰 병원에 가보시는 게 좋을 것 같네요."
큰 병원이라니, 무슨 일인가 싶었지만
그래도 별일 아닐 거라 믿으며

근처의 제일 큰 대학병원을 찾아갔습니다.
6시간에 걸친 긴 검사가 이어졌고,
담당 의사가 저를 조용히 부르더군요.
"뇌종양인 것 같습니다. 자세한 건 검사를 더 해봐야 알겠지만,
뇌종양 증세와 비슷합니다."

그렇게 응급실에서 꼬박 밤을 새워 검사받은 뒤 얻어낸 병명은
악성 뇌종양, '배아종'이었습니다.
4개월 뒤로 잡혀 있던 우리의 결혼식은 당연히 물거품이 되었고
병원에 한두 달 입원했다 퇴원하고, 또 입원하고...
항암 치료받고, 그런 날들이 이어졌죠.

행복했던 연애 시절도, 손꼽아 기다리던 신혼생활도
그저 남의 일처럼 낯설게 느껴지더군요.
그 사람이 제일 아프고 힘들었겠지만
저 역시... 쉽지만은 않은 시간이었습니다.
매일 병원에 있는 그의 곁을 지키다 보니 제 생활도 엉망이 되었고,
주변에선 조심스레 걱정 어린 말들을 해주셨죠.
"사실 니네 둘이 아직 결혼한 것도 아니고,
왜 그 옆에서 이 고생이니... 에휴..."

하지만 어렸을 적, 부모님의 이혼으로 큰 아픔을 겪고
혼자 살고 있던 그에게는 간호해줄 가족이 없었습니다.
그런 사람이 이제야 저를 만나서 좀 행복해지려나 싶었는데
정말 하늘도 무심하다는 생각뿐이었죠.
"그래, 누가 뭐라든 내가 이 사람 꼭 지킬 거야. 나 아니면 안 돼!"

그렇게 그를 간호하며 2년이란 시간을 보냈고,
다행히 그는 지금 아주 건강해졌습니다.

완치가 없는 병이긴 하지만 재발만 안 된다면
걱정할 것 없다는 의사 선생님의 말씀을 듣고
우리 둘은 정말 꿈을 꾸는 듯 행복했죠.

2009년 여름, 우리 두 사람은 드디어 부부가 되었습니다.
그리고 지난 몇 년간,
저는 그 사람에게 무조건 주는 것밖에 몰랐는데...
요즘은 그의 사랑, 웃음, 행복,
이 모든 걸 다 되돌려받고 있네요.

러브, ♥ 게임의 법칙

사랑은 그에게 상처가 되지 않도록 내 몸에 상처를 내어 감싸주는 것입니다. 어떤 일
이 있어도 당신은 내 곁에 있어줄 거란 믿음, 무슨 일이 생겨도 그 사람은 내 편일 거
라는 확신이, 지금 힘들기만 한 당신의 사랑을 더욱 강하게 만들어줍니다.

BGM 그대만 있다면 - 러브홀릭

# 왜 모르니, 이런 내 마음을...

제 남자친구는 데이트 첫날부터 2시간이나 늦을 만큼 시간개념 없고,
자기가 잘못해놓고도 사과는 못할망정
오히려 화를 내는 철없는 남자입니다.
그렇다고 저라고 뭐 잘난 건 없습니다.
백수에다 가정 형편 어렵다는 핑계로, 늘 남 탓만 하는 못된 성격에다
요즘은 엄청나게 살까지 쪄버려 못나도 이런 못난이가 또 없죠.

그렇게 각자 흠 많은 우리 두 사람이 연애를 시작한 지
벌써 4년이나 지났네요.
그 사이 헤어졌다 다시 만난 것도 세 번이나 되고
싸운 적도 무지 많습니다.
그러면서도 남자친구에게 끝없는 관심을 바라고 기댔습니다.

그러다 요즘 들어 저에겐 취업 문제에 가정불화까지 겹쳐
극심한 스트레스성 피부병이 찾아온 겁니다.

건선이라는 이 병 때문에, 머리부터 발까지 온몸에 흉이 생겨서
더운 날에도 반팔 한 번 못 입고 다녔죠.
힘들어하는 저를 보며, 남자친구는 한의원에 가보기를 권했지만
막상 상담을 받아보니 비용이 너무 많이 들어
그냥 포기하고 말았습니다.
어쩌면 완치될 수 있다는데도 돈이 없어 치료를 못 받는
제 상황에 너무 화가 나 울기까지 했죠.

그런데 일주일 뒤, 믿을 수 없는 일이 일어났습니다.
전에 한의원에서 상담했던 선생님이 전화를 주신 겁니다.
"이번에 저희 한의원에서 건선 환자를 대상으로
치료 프로그램을 하는데 한번 참여해보실래요?
비용은 안 들고, 저희가 하라는 대로 하시면 됩니다."
저는 당연히 오케이 했고, 그 후 약값 한 번 내지 않고
2개월 동안 감사한 맘으로 '공짜 치료'를 받았습니다.

그러던 어느 날, 우연히 남자친구의 휴대폰에서
카드 사용 내역 문자를 보게 되었습니다.
'○○한의원, ○○○○원'이라고 찍힌 문자를 보고 난 뒤에야
상황을 파악했죠.
고마우면서도 미안한 마음에, 결국 그에게 화를 내고 말았습니다.
"왜 그랬어? 니가 왜 내 병원비를 몰래 내준 건데?! 왜? 왜?"
악다구니를 쓰는 저를 가만히 지켜보던 남자친구는
조용히 다가와 안아주더군요.
"빨리 나아야지. 울지 마~ 치료비, 내가 내면 어때서 그래..."

그리고 하나하나, 그 사람이 저를 위해 해주고 있는
많은 일들을 알아버렸습니다.
제 병원비를 내준 것뿐만 아니라,

우리 부모님과 동생에게 용돈도 주고
제 통장에 '의료보험 보조금'이라는 명목으로
몰래 돈을 부쳐줬더라구요.

이쁜 구석이라곤 하나도 없는 제 곁에서 도망치지 않고,
이렇게 든든하게 지켜주는 이 남자...
철없는 사람이 아니라, 정말 귀하고 고마운 사람이네요.

 러브, ♥ 게임의 법칙

당신을 사랑하는 그의 마음을 과소평가하지 마세요. '그 사람은 나보다 철없고, 나를 덜 사랑하고 부족한 사람이야' 라고 단정 짓다 보면 어쩌면 그는 당신에게 정말 그런 사람이 되고 말 테니까요.

# 행복을 주는 사람, 행복을 주고 싶은 사람

저는 세 자매 중 첫째지만, 결혼은 제일 꼴찌로 하게 되었습니다.
아버지는 10년 전에 돌아가셨고, 동생들은 다 시집가서
저랑 엄마랑 둘이 살고 있었죠.
그렇다 보니 결혼식 날을 잡은 뒤로,
엄마 걱정이 앞서기 시작했습니다.
예비 신랑은 고향이 대구라서 시부모님과
함께 살지 않아도 되는 상황이었고,
다행히도 신랑이 먼저 우리 엄마를 모시고 살자고 말해주더군요.

하지만 정작 엄마는 정말 단호하게, 우리 제안을 거절하셨죠.
처음엔 "시부모님도 다 살아 계시는데,
친정엄마랑 같이 사는 거 아니다.
엄마 걱정은 안 해도 된다"며 좋게 말씀하시더니,
점점 갈수록 그 이유가 독해졌습니다.

그냥 한번 거절하시나 보다 싶어서 몇 번 더 말씀드렸는데
엄마는 제 마음에 상처가 되는 말만 자꾸 되풀이하셨죠.
"얘네들이 왜 이리 고집이 세!
이제 자식들 밥 해다 바치는 것도 지겹고,
니네 눈치 안 보고 좀 살자.
나 좀 혼자 편하게 살면 안 되니? 응?"

상황이 이렇다 보니, 속 깊이 배려해준 신랑에게도
괜히 눈치가 보이고 제 맘은 복잡하기만 했습니다.
제 마음에 있던 엄마에 대한 걱정은
점점 야속함과 미움으로 바뀌어,
드디어 폭발해버리고 말았죠.

"엄마! 엄마랑 같이 살면 나는 뭐 좋은 줄 알아?
근데도 우리가... 이서방이, 같이 살아준다잖아!
뭐가 그렇게 잘나서 튕겨!"
맘에도 없는 말로 악다구니를 쓰자,
엄마는 담담하게 말씀하셨습니다.
"나는... 자식한테 짐이 된다는 생각 때문에... 자존심 상하긴 싫어.
나중에 혼자 정... 외롭고 그러면 그때 부탁할게, 응?"

그동안 저는 바보같이, 엄마의 그런 마음도 모르고
무조건 같이 살자고만 하면 다 되는 줄 알았습니다.
그날 밤, 우리 모녀는 부둥켜안고 엉엉 울었죠.

결국 엄마랑 떨어져 살기로 결심하고 다시 집을 알아보자고 했더니
신랑이 벌써 집 계약을 했다는 겁니다.
그것도 친정에서 10분 거리에 있는 집으로 말이죠.
"사실 장모님이 친정 근처에도 사는 거 아니라고 하셨는데,

내가 장모님 고집 꺾었어. 너랑... 장모님... 둘 다 서로 가까이 살아야
마음 편할 거 아냐. 그동안 장모님 설득하느라 혼났다, 하하.”

엄마와 제가 지난 몇 달 동안 끈질기게 싸울 때도
신랑은 짜증 한 번 내지 않고 제 뜻을 다 받아주었고,
결국 이렇게 현명하게 일을 해결해준 거죠.
저는 결혼을 앞두고 엄마의 깊은 뜻도 알게 되었고
신랑이 얼마나 저를 사랑하는지도 새삼 깨닫게 되었답니다.

 러브, ♥ 게임의 법칙

사랑한다면, 상대방이 원하는 것이 무엇인지 진심으로 헤아릴 줄 알아야 합니다. 그
사람이 원하는 것이 아니라 '내가 해줄 수 있는 것'만 무조건 고집하다 보면 애초에
마음먹었던 그 배려심마저 빛을 잃게 될지 몰라요. 당신이 아닌, 그 사람의 시선으로
바라봐주세요.
        BGM Slipping through my fingers(영화 <맘마미아> OST)

# 뜨거운 사랑, 잊지 않을게요

"아이구, 우리 딸! 혼자 지내니까 힘들지? 사랑한다, 우리 딸~
힘내! 아빠가 만날 보고 싶어하는 거 알지?"
지방에 있는 회사에 취직해 혼자 내려가 살게 되었을 때,
아빠는 거의 매일 저녁, 이렇게 안부 전화를 하셨습니다.

어릴 때부터 딸에 대한 애정 표현을 아끼지 않으셨던 아빠...
그런데 그런 분이 제 남자친구를 반대하셨습니다.
그의 불안정한 직장과 변변찮은 학벌에 불만을 가지셨던 거죠.
어릴 때부터 아빠는, 제가 사랑하는 사람이면
무조건 인정해주겠다고 해놓고
막상 남자친구를 소개하자, 심하게 반대하셨습니다.
"아빠! 그 사람 만나보지도 않고 그렇게 조건만 보고
일방적으로 판단하는 게 어딨어요! 응? 왜 그래, 아빠답지 않게!"
태어나 처음으로 아빠에게 큰 소리로 대들던 날,
저도 아빠도, 참 많은 눈물을 삼켰습니다.

그렇게 2년, 3년이 지나도 아빠는 남자친구를
아예 없는 사람인 듯 대하셨습니다.
하지만 그의 한결같은 모습에 조금씩 마음을 푸셨고
드디어 결혼을 허락해주셨죠.
상견례 후 결혼 날짜를 잡고 집으로 가는 차 안,
아빠의 눈에서 뜨거운 눈물이 흐르는 걸 보면서
저는 아무 말 없이 아빠의 손을 꽉 잡았습니다.

그리고 결혼을 앞둔 어느 날,
남자친구와 함께 있는데, 아빠가 전화를 하신 겁니다.
"아빠가 술 한잔했다! 우리 딸~ 우리 예비 사위 좀 바꿔줘봐~"
"자네! 우리 지연이... 잘 부탁해... 알겠나? 우리 딸 잘 부탁한다..."
그날 저는 아빠가 그렇게 소리 내어 우시는 걸 처음 들었습니다.
제 마음도, 그의 마음도 너무너무 아팠죠.
아빠의 사랑 표현이 좀 유별날 때도 있었지만,
아마 제가 첫딸이라 더하셨던 것 같아요.
그렇게 힘들게 결혼식을 올린 후 어느 정도 시간이 지나자
아빠는 종종 이런 말씀을 하신답니다.
"우리 딸, 사람 볼 줄 아네~ 아빠가 괜한 걱정했다!"
그 후 살면서 가끔씩 신랑이랑 사소한 일로 다툴 때면,
그날 아빠가 전화기 너머로 우시던 목소리를 떠올립니다.
아빠 마음 아프게 했던 것만큼 더 행복하게 사는 모습을
보여드려야지, 하고 마음을 다잡게 되거든요.

 러브, ♥ 게임의 법칙

살아가면서 남편 혹은 아내와 싸우게 될 일이 생기면, 부모님을 떠올려보세요. 딸의
손을 잡고 식장 안으로 들어갈 때 긴장돼 있던 아버지의 얼굴과 손수건으로 연신 눈
물을 훔쳐내던 어머니의 모습요. 그럼 이런 사소한 것쯤이야 얼마든지 참을 수 있
겠다, 싶을 테니까요.

# 자격증이 필요한 거니?

1년 만에 결혼에 실패하고, 혼자 아이를 키우며 살아야 했습니다.
하지만 아기가 너무 어린 데다, 가족도 없고,
아기를 맡길 곳도 없었기에 그나마 결혼생활 동안
조금씩 모아두었던 돈으로 근근이 생활하고 있었죠.

그러다 아이가 6개월쯤 되었을 땐,
통장 잔고가 10만 원도 채 되지 않아
가만히 앉아 있을 수가 없었습니다.
동네 편의점에서 아르바이트를 구한다는 광고를 보고,
무작정 사장님을 찾아갔죠.
"저... 아르바이트를 하고 싶은데요... 그런데 제가 아이가 있어요.
일은 정말 열심히 할 수 있는데, 아이를 맡길 곳이 없어서요...
아이를 데리고 일하면 안 될까요? 일하는 데는 전혀 지장 없을 거예요...
낮엔 계속 잠만 자는데..."
정말 두서없이 제 사정을 읊어댔습니다.

젊은 사장님은 난처한 얼굴로 저와 아기를 쳐다보다가 어렵게 대답하셨죠.
"사정은 많이 딱하지만 죄송합니다. 일단... 생각해보고 연락드릴게요."

'그렇지... 내가 미쳤지... 아이 데리고 일한다는데, 어떻게 허락하겠어...'
당연히 말도 안 되는 얘기라는 걸, 저 역시 잘 알고 있었습니다.
하지만 지푸라기라도 잡고 싶은 심정이었죠.
시설에 아이를 맡기고 일을 하려면 돈이 많이 필요한데
그때의 저에겐 그럴 여유조차 없었거든요.

그런데 일주일 뒤, 편의점 사장님한테서 연락이 온 겁니다.
"저... 여기 편의점인데요, 진짜 아기가 잘 안 울죠?
아이 데리고 일하는 게 많이 힘들 텐데...
한번 해봅시다. 내일부터 출근하세요."
이게 꿈인지 생시인지! 너무 좋아서 눈물이 날 정도였습니다.
바로 다음 날부터 출근하기 시작했는데,
우리 딸은 엄마의 이런 사정을 알기라도 하듯 칭얼거리지도 않았고,
저도 정말 열심히 일했습니다. 하루하루 정말 행복했죠.

그렇게 일을 시작한 지 3개월쯤 되었을 때,
사장님이 출근 시간도 아닌데 일찍부터 나와 계시더라구요.
"어머, 사장님, 오늘 일찍 나오셨네요?"
"응, 오늘은 내가 약속이 있어서... 근데 저기... 내가 약속을 하긴 했는데...
실은 어제 내가 매일 유모차에서만 노는 하은이가 답답할 것 같아서
꽃구경 시켜줄까, 하고 물었더니 좋다고 대답을 해서 말이야...
그래서 내가 약속을 했거든...
근데 하은이 엄마가 허락을 해줘야 할 것 같아서..."
이러면서 제 허락을 구하는 겁니다.

막 9개월에 접어들어 말도 잘 못하는 아기가 좋다고 대답을 했다니,

좀 우습기도 하고 당황스럽기도 해서, 저는 아무 대답도 못하고 있었죠.
"아, 내가 하은이 울릴까봐 그래? 그런 걱정은 하지 마.
내가 결혼도 안 한 총각이지만, 조카들은 많이 봐줬거든...
나 애기 잘 봐!"
사실 그때까지, 사장님이 많이 젊다고 생각은 했지만
총각인 줄은 몰랐거든요.
그래서 조금 걱정스러운 것도 사실이었지만,
하루 종일 유모차에만 있는 우리 아이를 생각해주는 마음이 고마워서
"그럼 염치없지만 부탁드릴게요" 하며,
기저귀랑 분유 가방을 챙겨드렸습니다.
그 후로도 자주 우리 아이를 돌봐주는 사장님을 보며
혹시 저를 좋아하나 싶었지만,
제 처지에 그건 꿈도 꿀 수 없는 일이었죠.

그러던 어느 날, 그 사람이 저를 어디론가 데려갔는데,
레스토랑에는 '첫돌. 김하은. 사랑해'라는 글과 함께
음식이 차려져 있었습니다.
"어... 사장님... 어떻게 아셨어요? 오늘이 우리 하은이 생일인 거...?"
"이력서랑 주민등록등본은 폼으로 있나 뭐. 그리고 그만 울어...
하은이가 내가 지 엄마 괴롭힌 줄 알고 오해하겠네.
그리고... 내가 하은이 아빠 하면 안 될까?
이게 연민인지 사랑인지 구분이 안 돼서 많이 생각하고 또 생각했는데...
사랑이 맞다는 확신이 들었어. 정말 놓치고 싶지 않아.
갑자기 이런 고백 해서, 미안해..."

'미안하다니... 나 같은 사람을 사랑해주면서 미안하다니...'
하지만 저는 염치가 없어 그의 고백을 거절했죠.
"사람을 사랑하는 데 자격증이 있어야 해?
그런 거 어디 가면 딸 수 있는데?"

정말 말도 안 되는 얘길 하면서 화를 내는 그에게
더 이상 아무 말도 할 수 없었습니다.

그 후, 저 역시 그 사람을 사랑하게 되었고
결혼을 허락받는 과정에서 정말 많은 어려움이 있었지만
저희 셋, 잘 이겨내서 가족이 되었답니다.
그리고 벌써 10년이 지나, 우리 하은이가 어느 새 4학년이 되었네요.
하은이만 잘 키우며 살겠다고 고집부리는 남편을
끈질기게 설득해서, 곧 둘째도 갖기로 했죠.
그 사람과 함께하는 지금의 삶이, 저에겐 가장 큰 축복입니다.

 러브, ♥ 게임의 법칙

이 세상에 사랑할 수 있는 자격 같은 건 없습니다. 당신의 현재 모습이 어떻든, 사랑
하는 사람 앞에서 부끄러워하거나 겁먹지 마세요. 힘들게 찾아온 사랑을 쉽게 놓아버
리는 것이야말로 정말 사랑할 자격이 없는 사람일 테니까요.

 BGM I just fall in love again - Anne Murray

# 그러니까, 울지 마

초등학교 5학년 땐 저보다 한 뼘 넘게 키가 작았던 그 녀석이
열아홉 살이 되어, 동창회에서 만났을 땐
저보다 훨씬 크고 듬직한 남자가 돼 있었습니다.
그와 몇 년 동안 친구로 지내오면서
서로 좋아하는 마음이 생기기도 했지만
그때는 왜 그런지 자꾸만 서로의 마음이 엇갈렸죠.
저는 그 친구의 마음을 받아주지 못했습니다.

그러다 스물일곱 살 되던 해,
그 녀석이 내리치는 열 번의 도끼질에 제가 넘어가고 말았습니다.

저는 그저 연애를 생각하며 만났는데,
그는 사귄 지 3개월이 되었을 때부터
나와 결혼하고 싶다며 진지하게 사귀자는 말을 하더군요.
"결혼...? 에이, 무슨, 만난 지 얼마나 됐다고.

하하, 나중에 다시 얘기하자~"
아직 결혼에 대해서는 생각해본 적이 없기에
저는 그냥 대충 얼버무려 넘겼고
남자친구는 약간 서운해하는 듯 보였습니다.
그래도 이제 막 불붙은 우리 사랑만은 예쁘게 지켜갈 수 있었죠.
그때까지만 해도, 저는 이렇게 마냥 행복할 줄만 알았습니다.

하지만 그해 11월, 아버지가 갑자기 돌아가셨습니다.
아버지의 느닷없는 사고 소식에,
엄마와 남동생은 감당하기 힘들어했고,
집안의 경제적인 부분에서도 혼란이 오기 시작했죠.
평소 몸이 아프신 어머니와 아직 대학을 마치지 못한 동생이 있었기에
장녀인 저의 어깨는 더욱 무거워졌습니다.
'그래, 내가 아빠를 대신해야 해!
아빠를 대신해서 엄마와 동생의 바람막이가 되어야 해!
나까지 흔들리면 안 돼... 그래, 이제부턴 일만 하는 거야!'

눈물 흘리며 쓰러질 듯 힘들어하는 엄마 곁에서
저는 더욱 다부지게 마음을 먹었습니다.
그리고 아버지의 장례식장에 가장 먼저 달려와준 그 사람에게
커플링을 내밀었습니다.
"어... 이거... 내가 잃어버릴지 모르니까 그냥 니가 가지고 있으라구."
그에게는 이렇게 둘러댔지만, 사실 저는 반지를 주면서
내심 이별을 생각했습니다.
가장으로서 가족을 책임져야 하는 상황에
연애를 한다는 게, 그저 부담과 사치로 여겨질 뿐이었죠.

정신없이 장례를 치르고 난 며칠 뒤,
남자친구가 집 앞으로 찾아왔습니다.

'그래, 이제부터... 이 사람을 마음에서 밀어내야 해...
오늘 확실히 말하자..'
이렇게 마음먹고 그와 마주 앉았는데,
남자친구는 저를 보자마자 덥석 손부터 잡았습니다.
그러더니 주머니에서 커플링을 꺼내
다시 제 손가락에 끼워주는 겁니다.
"와! 역시 이건 주인이 낄 때 젤 예쁘더라.
가족은 서로 의지하는 거니까 너도 나한테 의지해...
힘들면 힘든 티도 내고! 알겠지?"

그 말을 듣는데 왜 그리 눈물이 나던지...
장례식장에서도 약해지지 않으려고 꾹꾹 참아냈던 눈물이
그 사람 앞에서 다 터져버렸습니다.
힘들어하는 모습을 보여주고 싶지 않았던 제 옹졸한 자존심과
이렇게 사랑스러운 남자를 억지로 밀어내려 했던
제 자신이 너무 바보 같았죠.
그렇게 항상 저를 아껴주고 사랑해주는 그 사람과
지금도, 여전히, 함께하고 있답니다.

 러브, ♥ 게임의 법칙

사랑하기에, 뭐든지 함께할 수 있는 겁니다. 도망치지 마세요. 당신이 들키고 싶지 않
은 많은 외로움과 힘겨움... 이미 그 사람은 보듬어줄 준비가 되어 있을 테니까요. 아
픔을 함께 나눌 수 있을 때, 사랑도 더욱 깊어갑니다.

BGM 연연(드라마 〈그들이 사는 세상〉 OST) - 성시경

그래서
참 고마운 사랑...

#07. 일곱번째 이야기

# 그 사람이 없는 세상

결혼 2년차 직장맘입니다.
남편의 직장 때문에 저는 시부모님과 함께 살고
남편은 직장 사택에 살고 있죠.
덕분에 남편이 집에 오는 주말만 손꼽아 기다리며 살고 있답니다.

아기를 낳기 전까지는 이런 생활도 괜찮았지만
아기를 낳은 뒤론 직장 다니랴, 퇴근 후에 아이 돌보랴
정말이지 너무나 피곤하더군요.
반면 남편은 평일에는 퇴근 후에 친구들도 만나고,
당구도 치러 다니고, 주말에나 잠깐 와서
아기를 봐주는 게 너무너무 얄미웠죠.
물론 상황이 그러니 어쩔 수 없겠지, 하며 머리로는 이해했지만
이상하게도 가슴으로는 납득이 잘 안 되더라구요.

그렇게 서운해하고 있던 차에, 남편에게서 전화가 걸려왔습니다.

"직장 상사 아버지가 돌아가셔서...
나, 주말 내내 거기 가 있어야 할 것 같아."
마지못해 알겠다고는 했지만, 주말에도 남편을 못 보고
주말에 남편이 아이를 봐주면 잠시나마 쉴 수 있었는데
그것도 못하게 된다니, 좀 짜증이 났습니다.

초상집에 간 남편이 연락이 통 없길래 궁금해서 전화했더니
전화 받기가 좀 그렇다며, 괜찮을 때 다시 전화하겠다고 하더군요.
'친한 친구도 아니고, 상사 아버지 초상집이면
딱히 술 마시는 거 말곤 할 일도 없을 텐데...
혹시 고스톱 치느라 바쁜 거 아냐?'
이런 생각에, 저는 너무 짜증이 나서
그 뒤로는 먼저 전화를 걸지 않았습니다.

그렇게 이틀이 지나 일요일이 되어서야 남편에게 전화가 왔죠.
"여보, 놀라지 말고 들어. 사실은 나 교통사고 나서 지금 입원중이야.
근데 난 괜찮아. 걱정 마~"
그 순간 너무 깜짝 놀랐지만, 남편 목소리가 워낙 괜찮아서
단순한 접촉 사고인가 보다 생각했습니다.
그런데 차를 폐차시켜야 할 것 같다는 남편의 말을 듣는 순간,
가슴이 철렁 내려앉더군요.
그러고는 엉엉 소리 내어 울기 시작했죠.

폐차시킬 정도로 큰 사고인데, 그이가 많이 다쳤으면 어쩌지
그 사고로 남편이 저세상으로 갔으면 어쩔 뻔했을까...
별별 생각이 다 들었죠.
"여보, 울지 마. 이렇게 놀랄까봐
내가 말 안 하고 있었던 거야.
당신이 울면 우리 주하도 울잖아, 나 정말 괜찮아."

알고보니, 초상집에 가던 날, 비가 억수로 쏟아지는 데다
차 앞바퀴까지 펑크가 나면서 길가의 전봇대를 들이박았답니다.
그런데 정말 신기하게도 운전석만 멀쩡하고
조수석이랑 뒷좌석은 전봇대가 덮쳐서
형체도 알아볼 수 없을 정도로 박살이 났다고 했습니다.

"순간 내가 이렇게 죽는구나 싶고,
당신이 우리 주하 안고 있는 모습이 보이는 거야...
그래서 살려달라고 열심히 열심히 기도했어."
제가 걱정할까봐 그렇게 담담한 척하더니
결국 말을 잇지 못하고 울먹이던 그 사람,
살았다는 안도감보다는 저에 대한 미안함이 더 커서
전화를 할 수가 없었다는 그 사람,
그렇게 무서운 일을 당하고도 혼자
2박 3일을 입원해 있던 남편을 생각하니
마음이 아파왔습니다.

 러브, ♥ 게임의 법칙

아무리 사랑해도, 결혼해서 같이 살다 보면 상대방이 미워질 때가 있습니다. 그럴 때,
만약 지금 이 사람이 내 곁에서 없어진다면 어떨까, 생각해보세요. 아마도 미워 보이
던 그 사람의 존재가 더없이 소중하고 감사하게 느껴질 테니까요. 살아서 내 곁에 있
어주기만 해도 고마운 그 사람, 당신의 영원한 사랑입니다

 BGM 언제나 둘이서 - 20세기소년

# 꼭 잡은 두 손, 놓지 않을게

스물여섯, 고시생이었던 저는 8월에 2차 시험을 보고
발표를 기다리고 있었습니다.
합격자 발표는 12월이어서 혹시 불합격하면
다시 시험 볼 생각으로 그룹 스터디를 하기로 맘을 먹었죠.

어느 인터넷 카페에서 '같이 스터디 할 사람'을
모집한다는 글을 찾아 전화를 걸었습니다.
"아, 네, 안녕하세요? 그룹 스터디 하시려구요?
저도 발표 기다리면서 다시 공부해보려고요, 하하."
전화를 받은 그 남잔, 그룹 스터디에 대해 신나게 말하기 시작했고
저는 사투리 억양으로 이야기하는 이 남자가
왠지 착할 것 같다는 생각이 들었습니다.
우선은 만나서 자세한 얘기를 나누기로 하고 전화를 끊었죠.

이틀 후 만난 그 남자는 저보다 한 살 많았고,

이미 한 번 시험에 떨어진 경험이 있다고 했습니다.
생각했던 것처럼 다정하고 착한 사람이었죠.
우리 둘은 공통 관심사가 있어서인지 대화도 정말 잘 통했습니다.
처음 만난 그날, 우리는 무려 3시간이나 수다를 떨었고
당장 다음 주부터 스터디를 하기로 했습니다.

스터디 첫날과 둘째 날 내내, 우리에게 공부는 뒷전이었습니다.
어쩜 그렇게 쿵짝이 잘 맞는지...
수다 떠느라 시간 가는 줄도 몰랐죠.
"어머, 오늘도 공부는 별로 못했네.
합격 발표 기다리면서 해서 그런가 공부가 더 안 된다, 그치~?
우리 둘 다 붙으면 얼마나 좋을까!"

그렇게 우리는 2주 동안 많은 시간을 함께 보냈는데
그러면서 알게 된 사실은,
이 남자는 연애 경험이 없다는 것
그리고 나를 좋아하고 있다는 것이었죠.
"나... 너 좋아해... 우리... 사귈...래?"
순수한 그의 고백에 저는 바로 오케이를 했고
그해 가을, 우린 커플이 되었습니다.

하지만 행복했던 건 잠시...
기다리던 발표 날, 둘 다 보기 좋게 낙방했고
결국 고시 준비를 다시 시작해야 했습니다.
또 같이 공부하면 서로에게 방해가 될 거라는 생각에
주말에만 잠깐 만나는 걸로 만족했죠.
그리고 1년 뒤 가을, 다시 발표날이 되었는데
합격자 명단을 먼저 알게 된 남자친구에게서 전화가 왔습니다.
.

"미숙아, 나 합격했어..."

"아, 정말? 나는, 나는?"

"그게... 저기... 넌 떨어졌다..."

저는 그에게서 불합격 소식을 전해 듣고

그대로 전화를 끊어버렸습니다.

너무 속상해서, 그의 합격을 진심으로 축하해줄 수가 없었죠.


그렇게 전화를 끊고는, 보름이 넘도록 그의 전화를 받지 않았습니다.

처음에는 반복되는 불합격에, 나 스스로가 너무 바보 같아서

누구와도 얘기하고 싶지 않았고

며칠이 지나자 그와의 관계까지 고민되기 시작했죠.

'한 명이 먼저 합격하면, 결국 그 사람이 변심해서 많이들 헤어지던데...

우리도 그러겠지? 그러기 전에 헤어지고... 정말 공부만 열심히 하자...'


이렇게 마음을 먹고 며칠 동안 밖에도 안 나가고

혼자만의 시간을 보내자

부모님이 걱정이 되셨는지 술 한잔하자, 하시더라고요.

그런데 그 자리에 남자친구가 와 있었습니다.

"어머님, 아버님, 제가 합격해서 부모님을 뵈러 고향에 가야 하는데,

미숙이와 연락이 안 되어 걱정이 돼서 못 가고 있었어요.

급한 마음에 전화드렸습니다. 저는 이제 합격했으니

돈도 벌 수 있고, 저... 미숙이랑 결혼하고 싶습니다!"

그러면서 제 손을 꽉 잡아주던 그 사람...


하지만 갑자기 결혼하자니, 너무 당황스러웠죠.

그래도 이 남자에 대한 확신이 들었기에 전처럼 계속 만나면서

결혼 문제에 대해서는 차차 생각해보자고 했습니다.


다음 해 그는 연수를 받으며 회사 생활을 시작했고

저는 열심히 준비해서 재도전한 끝에 드디어 합격을 했습니다!
그런데 저 역시 회사 생활을 해보니,
새로운 환경에서 새로운 사람을 만날 유혹이 많았겠구나 싶더라구요.
그런데도 지난 1년 동안, 머리 질끈 묶고
무릎 나온 트레이닝복만 입고 다니던 제 모습을
사랑스럽게 지켜봐준 그 사람...
그런 그가 새삼 고마웠습니다.

 러브, ♥ 게임의 법칙

서로에 대한 믿음이, 사랑을 지탱해줍니다. 믿음이 약해지는 순간 이별을 떠올리게
되고 확신이 생기는 순간 그 사람을 더욱 사랑하게 된다는 것... 그리고 그 사랑이,
우리를 더 열심히 살아가게 만듭니다.

# 미안해, 사랑해, 고마워

제 나이 20대 초반, 한 달이면 스무 날을 만날 만큼
자주 어울리던 친구들이 있었습니다.
남자 셋, 여자 셋으로 뭉친 우리는 정말 자주 만나면서
속내도 터놓고 지내는 사이였죠.
그렇게 자주 만나다 보니,
그 중 한 친구가 저한테 관심을 보이기 시작한 겁니다.
하지만 제게 그녀는 여전히 친구 이상은 아니었기에
저는 매번 그녀를 밀어내곤 했죠.

그러던 2002년, 부모님이나 다름없이 사랑하고 따르던 할머니가
하늘나라로 가신 뒤, 저는 무척 힘들었습니다.
할머니가 떠나신 지 꽤 되었는데도 마음을 추스르지 못하고 있을 무렵,
그녀가 연락을 해왔습니다.
"너... 너무 얼굴 보기 힘들다~ 그러지 말고 밖에 좀 나와.
우리 영화 볼래? 〈집으로〉라는 영화인데, 니가 좋아할 것 같더라구."

오랜만에 만난 그녀와 저는, 할머니와 어린 손자의 얘기를 다룬
그 영화를 보며 참 많이도 울었습니다.
영화를 보고 난 뒤, 그녀가 저를 안아주며 사랑한다고 고백했을 때
제 마음도 그녀를 향해 움직이기 시작했고...
그렇게 우리는 친구에서 연인이 되었죠.

이십대의 절반을 함께하며 사랑을 키워왔는데,
어느 날부터인가, 그녀의 태도가 달라지기 시작했습니다.
다정한 말투도 사라지고, 연락도 뜸해지고...
아마도 연애 기간이 길어져 권태를 느끼는 것 같았습니다.

솔직히 그녀가 먼저 고백을 해왔기에
처음에는 제가 그녀보다 조금 덜 좋아했던 게 사실이지만
시간이 갈수록 제 사랑은 커져만 갔습니다.
하지만 그런 저와는 달리, 그녀는 5년간의 연애에 지루함을 느끼는 듯했습니다.
"미안해... 우리 헤어지자. 내 마음이... 이제 예전 같지 않아.
노력도 해봤는데... 아무래도... 힘들 것 같아. 그냥... 우리 헤어지자."
그 무렵 우리는 수도 없이 다퉜기에 저 역시 조금은 지쳐 있었고,
또 그녀가 너무나 단호했기 때문에 붙잡을 수도 없었죠.
몇 날 며칠을 밥도 제대로 못 먹고
잠도 제대로 잘 수 없을 정도로 힘들었습니다.

그렇게 첫사랑의 열병을 앓고 4년여의 시간이 흘렀습니다.
그리고 최근에서야 다시 연애를 시작해
지금의 여자친구와 결혼하기로 맘을 먹게 되었죠.
그런데 이게 무슨 하늘의 장난인지...
결혼을 결심하자, 뜬금없이 첫사랑 그녀의 얼굴이
꼭 한 번 보고 싶어졌습니다.
지금의 여자친구를 생각하면, 이래선 안 된다는 걸 잘 알면서도

이미 저는 그녀에게 전화를 걸고 있었죠.
'그래, 내가 이상한 놈이지... 근데 안 되겠어...
딱 한 번만 얼굴 보면, 후련하게 다 잊을 수 있을 거야...
그래! 그럴 수 있을 거야...'

하지만 그게 아니었습니다. 4년 만에 그녀를 마주하니,
그 옛날처럼 가슴이 두근거리기 시작했습니다.
'너 왜 이래? 미쳤어? 그 사람은 어쩌구...
결혼하잔 얘기도 해놓고... 이제 와서 어쩌자고, 나쁜 놈아.'
스스로 원망도 많이 하고 마음을 되돌리려 노력해봤지만
아무 소용도 없었습니다.
이렇게 흔들리는 감정으로 그녀를 계속 만날 수도 없었죠.
결국 지금의 여자친구에게 헤어지자고 했습니다.
"미안해... 내가 정말... 미안해...
내가 나쁜 놈이야... 미안해..."

이렇게 다른 사람에게 상처까지 주면서 먼 길을 돌아왔기에
더욱 놓칠 수 없는 그녀와의 인연...
이젠 끝까지 지키고 싶습니다.

 러브, ♥ 게임의 법칙

그 사람을 미련 없이 보내줄 수 있을지... 그 없이도 잘 살아갈 수 있을지... 고민하
고, 또 고민하세요. 당신이 놓아버린 그 사랑 때문에 당신이 시작한 그 어설픈 사랑
때문에, 또 다른 누군가가 힘들어질 수도 있습니다. 그리고 누구보다, 스스로가 가장
힘들고 아플 테니까요.

BGM 가리워진 길 - 유재하

# 보면 볼수록, 알면 알수록!

제 나이 스물일곱, 부모님께서는 딸내미가
시집을 못 가진 않을까 슬슬 걱정하셨습니다.
여태껏 변변한 남자 하나 못 만나고,
부모님께 걱정만 안겨드렸기 때문이죠.
그러다 결국 두 분이 직접 제 선 자리를 알아보고 다니셨습니다.
사실 저는 그때까지 선이란 건, 스스로 짝을 못 찾는
정말 변변찮은 사람들만 나오는 자리라고 생각했습니다.
그래서 제가 선을 본다는 사실이 너무 창피해
어쩌다 선이 들어오면, 귀찮은 일 하나 해치우는 심정으로
꾸역꾸역 나가곤 했습니다.

그때도 부모님의 주선으로 약속이 잡혀 있었죠.
그런데 상대남은 제 연락처를 미리 알았으면서도 문자 한 통 없더군요.
심지어는 만나기로 한 장소에 왔는데도 연락이 없길래
제가 먼저 문자를 보냈습니다.

"저, 오늘 뵙기로 한 사람인데요, 저는 도착했는데 어디쯤 오셨어요?"
그랬더니 이 남자, 벌써 와서 기다리고 있다는 겁니다.
'아니, 오늘 처음 만나는 사인데, 왔으면 연락을 해야 되는 거 아냐?
참 나, 얼마나 잘났길래 먼저 연락 한 번 안 하냐고? 매너하고는!'
속으로 이렇게 중얼거리다, 저쪽에서 걸어오는 그를 보았는데...!
세상에나, 저는 그대로 뒤돌아서 집에 가고 싶었습니다.
저보다 훨씬 작은 키에, 아저씨 같은 얼굴,
게다가 한창 진행중인 듯 보이는 대머리까지...
정말 별로였거든요.

'아! 참자, 참아. 부모님 얼굴 생각해서...
그냥 맛있는 거나 먹고, 기분 좋게 끝내자!'
그렇게 속마음을 꼭꼭 숨긴 채 그 사람과 저녁을 먹었습니다.
그런데 첫인상과는 달리, 그와의 대화는 전혀 지루하지 않았고
심지어는 정말 별로였던 얼굴마저 부드러운 인상으로 보이기 시작했습니다.
그래서 식사를 마치고 차 한잔 더 하자는 그의 제안에
저는 당연히 따라가야겠다, 맘먹고 있었죠.
하지만 계산을 마치고 걸어 나오는 그의 작은 키를 보자
또 맘이 달라졌습니다.
'그래, 아무리 그래도 안 되겠어! 키야 작을 수도 있지만,
여자인 나보다 저렇게까지 작은 건... 정말 말도 안 되잖아~!'
그래서 저는 최대한 정중하게 거절하고
집으로 도망치듯 돌아왔습니다.

그리고 세 달쯤 흘렀을까.
제가 일하는 유치원에 한 아이의 어머니가 오시더니
난데없이 그 남자 얘기를 꺼내시는 겁니다.
"호호, 저기, 선생님이 몇 달 전에 선본 남자가 저희 회사 동료더라구요.
이런저런 얘기를 나누다가 알게 됐는데, 이런 우연이 다 있네요.

근데 선생님, 그분 참 좋은 사람인데... 다시 한 번 만나보시는 게 어때요?"
그리고 그 어머니는 조심스레, 그 남잔 아직도 저를 다시 만나고 싶어한다며
부탁 아닌 부탁을 하고 돌아가셨습니다.

세상에 어떻게 이런 인연이 있는지!
저는 그냥 귀찮은 일 하나 해치우러 나간 자리였는데
그런 저를 좋게 보고 지금까지도 잊지 않고 있다니, 고맙기까지 했습니다.
그래서 제가 먼저 용기를 내 전화를 걸었죠.
"여보세요? 잘 지내시죠? 저, 얘기 들었어요."

그렇게 다시 만난 이 남자,
정말 알면 알수록 괜찮은 남자였습니다.
연애 경험이 없는 그는 여자의 마음을 사로잡는 방법 같은 건
잘 몰랐지만, 진심으로 저를 사랑해주었습니다.
저도 그런 그가 점점 좋아지기 시작했구요.
키가 저보다 6cm나 작고, 아저씨 같은 얼굴에 약간의 대머리?
그런 것 따윈 더 이상 눈에 들어오지도 않았죠.

그리고 몇 년이 지난 지금,
저는 매일 밤 제 옆에 잠들어 있는 그를 보면서 이런 생각을 합니다.
"아유~ 이렇게 잘생긴 우리 신랑을 그땐 왜 싫다고 했지?
아마 그땐 내 눈이 어떻게 됐나 보네~ 아이구, 우리 신랑! 예쁘게도 자네~"

러브, 게임의 법칙

사랑은, 상대방의 겉모습보다 더 깊은 내면의 것들을 볼 수 있게 해줍니다. 눈, 코,
입, 키... 그런 것 하나하나 때문이 아니라 그 사람이라서 마냥 좋은 것, 그게 사랑입
니다.

## 보란 듯이 행복하게

제가 졸업할 무렵, IMF가 찾아와 취직하는 건
하늘의 별따기나 다름없었습니다.
신문 장학생으로 일본에 어학연수를 떠나게 된 것도 그때쯤...
하루하루 신문 배달을 하면서 공부만 하며 살다 보니
연애에는 관심도 없었죠.
그리고 어느새 한국으로 돌아갈 때가 되었습니다.
비행기 표를 예매하고 집에 돌아갈 날만 기다리며
마지막 휴가를 즐기고 있었는데...

일본에 있는 내내 공부에만 매달리다 처음으로 여유가 생긴 저는
동네에 있는 작은 바에 갔다가, 그녀를 만났습니다.
밤 11시부터 새벽 3시까지... 그녀에게 정말 끈질기게 구애한 끝에
간신히, 한 번 만나주겠다는 약속을 받아냈죠!

그녀는 저보다 두 살 많은 일본 사람이었고,

저처럼 휴가중이라고 했습니다.

사실 처음엔 장난삼아 대시했던 건데

그 뒤로 몇 번 더 만나다 보니, 그 가벼웠던 감정이 진지하게 변해갔죠.

그녀가 너무 좋아서 일본에 그대로 남아 있고 싶을 정도였습니다.

하지만 이미 한국에 돌아가기로 결정한 상태라서

그 마음을 억누른 채... 떠나기 전날 밤,

그녀와 아쉬운 이별주를 마셨습니다.

그리고 그녀와 헤어진 뒤에도, 친구들과 찐하게 한잔 더 했죠.


하지만 문제는 그날 저녁,

마지막으로 신문 배달을 하기로 돼 있었던 겁니다.

그렇게 과음하고 배달 오토바이를 탔다가 그만, 사고를 당한 거죠.

저는 트럭에 치였고, 눈을 떠보니 병원 응급실이었습니다.

골반뼈가 부러지고, 고막이 터지고, 피투성이가 된 제 옆에

그녀가 있었습니다.

"아니... 그러게 술 먹고 왜 오토바이를 타요...

이만한 게 다행이지... 정말 큰일 날 뻔했잖아요... 바보... 엉엉."

"아... 너랑 헤어질 수가 없어서 이렇게 된 거 아닐까...?

나 한국 가지 말고... 일본에 더 있으라고... 우리 운명인가봐~"

아픈데도 어쩜 이런 말이 그렇게 술술 나오던지.

어쨌든 이런 상황이니 한국에 가는 건 당연히 미뤄졌고,

저는 꽤 오랫동안 입원을 해야만 했습니다.


아파서 침대에서 내려오지도 못하고,

생리현상은 다 호스로 연결해서 해결해야만 했던 그때...

그녀는 매일 와서 정성스레 저를 간호해줬습니다.

무려 석 달이나 병원 생활을 하는 동안

저는 그녀에게 완전히 감동받았고

이 여자라면 평생을 같이 하고 싶다는 확신까지 생겼습니다.

석 달이나 치료를 받았지만 여전히 걷지 못하고,
또 앞으로 걸을 수 있을지 없을지도 막막한 상태에서...
저는 그녀에게 프러포즈를 했습니다.
"우리, 결혼하자... 내가 얼른 나아서 취직도 하고... 정말 노력할게."
"아니. 너무 서두르는 것 같아. 한국에 돌아가서 취직하면
그때 결혼 승낙할게. 그보다 우선 몸부터 잘 챙기고..."

저는 그녀와 하루라도 빨리 결혼하고 싶었기에
정말 서둘러서 한국으로 돌아왔습니다.
아직 성치 않은 다리로 목발을 짚고 다니면서도
열심히 준비하고 노력한 끝에 취직을 할 수 있었죠.

그런데 이번엔 양가 부모님의 반대에 부딪혔습니다.
딸을 한국으로 시집보내는 걸 반대하신 그녀의 부모님...
그리고 두 살 연상의 일본 여자를 며느리로 받아들이는 것에
낯설어하시던 우리 부모님...
우리는 양가의 반대 때문에 한동안 힘들었습니다.
하지만 부모님들께 진심을 보여드리려고 많이 노력한 끝에
드디어 허락을 받아낼 수 있었죠.
갑작스러운 교통사고 때문에 겪었던 고통도
그녀가 있었기에 견뎌낼 수 있었고,
부모님의 반대도 우리의 사랑으로 극복할 수 있었습니다.

 러브, 게임의 법칙

사랑에 빠지면 이겨내지 못할 것이 없습니다. 어떠한 어려움도 이겨낼 수 있다는 용
기와 힘을 주는 이... 그 사람이, 당신이 평생을 함께할 인연입니다.

BGM 결혼해줘 - 임창정

# 옛사랑은 옛사랑일 뿐이야

결혼해서 살다 보니, 달콤하고 행복한 날도 많지만
싸울 일이 더 많아졌습니다.
연애를 길게 해서 그런지, 조그마한 일도
큰 싸움으로 번지기 일쑤였죠.


신랑과의 싸움이 너무 심해지는 날엔
내가 이럴 바엔 결혼을 왜 했나 싶기도 하고
가끔은 예전 남자친구가 생각날 때도 있었습니다.
'아직도 날 생각하고 있을까? 그 사람은 나한테 잘해줬을 텐데...
혹시 내가 그 사람하고 결혼했어도 이렇게 싸웠을까?'
사실 이런 생각을 하는 게
신랑에 대한 예의가 아니라는 걸 알면서도
너무 속상할 땐 그럴 때가 종종 있었습니다.
심각한 후회라기보단 그냥 답답할 때
소소하게 드는 감정이랄까.

며칠 전에도 신랑과 크게 다퉜습니다.
그래서 친한 친구와 기분 전환도 할 겸 영화관에 갔는데,
주말이라 사람이 참 많더라구요.
표를 사기 위해 줄을 섰는데, 어디서 많이 본 듯한
뒷모습이 제 앞에 서 있는 겁니다.
종종 남편과 싸울 때면, 제가 슬며시 떠올렸던 바로 그 남자였죠.

갑자기 제 가슴이 쿵쿵 뛰기 시작했습니다.
'에이, 이럴 줄 알았음 밥 먹고 파우더라도 찍어 바르고 나올걸...'
이런저런 생각으로 머릿속이 윙윙거리기 시작했습니다.
그 남자도, 저를 보고는 정말 어색하게 눈인사를 건네더군요.
그의 팔에는, 아주 어리고, 얼굴에서 반짝반짝 빛이 나는
여자친구가 매미처럼 매달려 있었습니다.
"어, 누구야, 오빠?"
"어... 학교 친구..."

한때는 열렬히 사랑했던 옛사랑에게 학교 친구로 정의되는 그 기분이란!
물론 이해가 안 되는 건 아니었지만
뭐랄까, 좀 이상하더라구요. 게다가 너무 당황했는지,
저한테 "안녕하세요" 하고 해맑게 인사를 건네는 그 여자친구에게
이런 바보 같은 말을 해버리고 말았네요.
"아, 네, 반가워요~ 여자친구신가 봐요, 둘이 너무 잘 어울리네요~ 호호."

그 어린 애인의 가방을 들고, 팝콘과 음료수를 한 손 가득 들고
그러면서도 팔짱을 놓지 않고 있던 그 남자는
저와 사귀던 그때의 모습 그대로였습니다.
피식 웃음이 나더군요.
아직도 옛사랑은 나를 잊지 못할 거라고 생각했던 어이없는 착각에
얼굴이 화끈거리기도 했습니다.

그래서 그 커플과 헤어진 뒤 어떻게 했냐구요?
신랑과 화해하려고 제가 먼저 전화를 걸어
저녁식사 데이트를 청했죠.
옛사랑과 마주친 뒤, 제 마음에 있었던 그런 감정들이
한낱 객기와도 같은 철없는 것임을 깨달았거든요.
물론 신랑의 소중함도 알게 되었죠.

 러브, ♥ 게임의 법칙

옛사랑은 옛사랑일 뿐! 착각하거나, 지금의 사랑과 비교하지 마세요. 아무리 싸우고
지지고 볶아대도 당신이 머물 곳은 현재의 사랑, 바로 그 사람의 품이라는 것... 너무
행복에 겨워, 종종 잊게 되는 진실입니다.

눈물이 납니다

4년 전, 병원에서 간호사로 근무할 때의 일입니다.
사내 연애는 하지 말자는 다짐도 했고,
아직 연애할 때도 아니다 싶어 4년째 솔로로 지내고 있었습니다.
그러던 중, 응급실로 발령이 났습니다.
시골 병원이라 밤 근무 때는 간호사 한 명,
응급 구조사 한 명이 같이 근무했고
그나마도 응급 구조사는 밤이면 당직실에서 자곤 했습니다.
그렇다 보니, 혼자 응급실을 지키는 경우가 허다했고
왠지 무섭고 긴장될 때가 많았죠.

그날도 병원에 혼자 있는데, 새벽 3시쯤
비상문에서 노크 소리가 들렸습니다.
'어, 취객인가? 어쩌지? 문을 열어봐야 하나? 난 몰라~'
무서운 생각이 들어 고민하고 있는데, 또 노크 소리가 들렸습니다.
할 수 없이 살짝 문을 열었는데, 웬 남자가 서 있는 겁니다.

자세히 보니, 가끔 눈인사 정도만 나누던 응급 구조사였습니다.
"아니, 선생님, 무슨 일...이...세요?"
"출출해서 간식 먹으러 나왔다가... 저기, 밤 근무하면 배고프잖아요.
혼자 계신 것 같아서 좀 사 왔습니다. 이거 좀 드세요."
그가 내민 검은 봉지 안에는 김밥 두 줄과
딸기우유 한 개가 들어 있었습니다.
배고팠는데 잘됐다 싶어, 같이 먹자고 했더니
그는 당황하며 거절하더라구요.
"아뇨, 저는 먹고 들어가는 길입니다. 맛있게 드십쇼!"

그 후로도 그는 야근을 할 때면 자주 간식거리를 주고 갔습니다.
저한테 관심이 있어서 그러나 싶어,
다른 사람들한테 그에 대해 물어보았습니다.
그에게 호감이 있는 것도 아니었고
여전히 '사내 연애는 조심하자!'는 생각이었죠.
"아, 그 선생님? 원래 주변 사람들 잘 챙기는 편이긴 한데...
본인한테 관심 있는지 없는지는 본인이 알겠지~ 잘 생각해봐!"
그 얘기를 듣고 보니, 그의 행동이 딱히 특별하게 느껴지진 않아
일단은 부담을 덜 수 있었습니다.

그런데 며칠 뒤, 직원들 사이에서 우리 둘이
사귄다는 소문이 도는 겁니다.
"아니, 그 선생님이 자기한테 맘 있다던데? 알고 있었어?
자기 입으로 그렇게 얘기하고 다닌다나봐~"
그런 맘은 아닐 거라 믿고 있었는데
소문까지 났다고 하니 영 맘이 불편해졌습니다.
그래서 며칠을 고민하다가, 그에게 문자를 보냈습니다.
'혹시 저한테 관심이 있다면, 그냥 접어주세요.
저는 아직 누구를 만날 생각이 없어요.

그냥 동료로 편하게 지내면 좋겠어요.'

그렇게 딱 부러지게 문자를 보내면 맘이 편할 줄 알았는데
보내고 나니 이상하게 더 신경 쓰이고, 잠도 오지 않았습니다.
그래서 그 사람에게 전화를 걸었는데 휴대폰도 꺼져 있고,
동료들도 그와 연락이 되질 않는다고 하더군요.
무슨 일인지 걱정이 되었지만 방법이 없었죠.

그리고 이틀 뒤, 그 남자에게서 문자가 왔습니다.
'눈물이... 납니다.'
딱 그 한마디였을 뿐인데, 그가 며칠 동안 얼마나 힘들었을지
가슴으로 느낄 수 있었습니다.
갑자기 제 눈에서도 왈칵 눈물이 쏟아졌습니다.
저도 모르게... 이 남자가 제 마음 깊숙한 곳에
자리 잡고 있었던 모양입니다.

그렇게 우린 연애를 시작했고, 만난 지 1년쯤 되었을 때
그때 일이 생각나서 그에게 물어봤습니다.
"자긴 밤에 배가 많이 고픈가봐? 지금도 그때처럼 새벽에 군것질 자주 해?"
그랬더니 이 남자, 제 머리에 꿀밤을 한 대 쥐어박으며 이럽니다.
"바보야! 내가 배고파서 그랬겠어? 니 얼굴 한 번 더 보고 싶어서 그런 거지.
너 밤에 근무할 때, 알람 맞춰놓고 일어나서 간식 사 가지고 간 거야!"

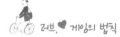 러브, ♥ 게임의 법칙

사랑함에 있어서, '절대' '다시는' 이런 말은 금물! 아무리 막으려 해도 막을 수 없는
게 사랑입니다. '지금은 연애할 준비가 안 됐어! 당분간 연애는 안 할 거야!' 당신이
아무리 이런 마음을 먹었다 해도, 사랑이란 감정이 당신을 찾아가면... 그런 다짐 같
은 건 한순간에 무너져내릴 테니까요.
BGM 보이나요 - 루시드 폴

# 당신을 사랑하는 이유

그를 처음 만난 건, 현대문학사 시험을 위한 토론 모임에서였습니다.
저는 평소 친하게 지내던 선배와 같은 동네에 사는
사람들끼리 모여 자주 스터디 모임을 갖게 됐죠.
그걸 계기로 우리는 자칭 '패밀리'라 부르며, 내내 어울려 다녔습니다.
'패밀리'의 멤버들 중에서도, 저는 유독 그 사람과 친하게 지냈습니다.
그는 말도 잘하고, 어찌나 책을 많이 읽는지...
아는 것 많고 똑똑한 그 사람을, 저는 '교수님'이라고 불렀죠.
유독 둘이서만 자주 어울리다 보니, 사귀는 거 아니냔 얘기도 수없이 들었지만
그럴 때마다 그냥 웃어넘기곤 했습니다.

게다가 그와 알고 지낸 2년 반 동안,
저는 그의 연애사를 모두 알고 있었거든요.
처음 그가 제 친구를 좋아할 때는 조언도 많이 해줬죠.
"있잖아~ 여자들은 핸드로션같이 사소한 거 챙겨주면 좋아해?"
"저기, 있잖아, 내가 걔한테 영화 보자고 하면 어떨 것 같아?"

이렇게 항상 그 친구에 대해 물어오면,
저는 정말 열심히 상담해줬습니다.
그 후로도 우리가 알고 지낸 몇 년 동안,
그는 좋아하는 사람이 생길 때면 늘 저에게 고민을 털어놓곤 했죠.
그때마다 저는 아무 사심 없이 그의 얘기를 들어줬구요.

하지만 그가 7살 연상의 누나와 사귈 때부터
제 감정이 달라지기 시작했습니다.
수업이 끝나고 같이 버스를 타고 갈 때도
그는 그녀의 전화 한 통에 부랴부랴 달려가곤 했죠.
그러다가 그녀와 싸우기라도 하면 늘 제게 고민을 털어놓았습니다.
그 모든 것들을 지켜보면서 제 맘은 점점 복잡해졌고
왠지 모를 서운함까지 생겨났습니다.

'아니 뭐, 오빠한테 애인 생기면 여동생들이 질투하는 거랑
같은 거 아니겠어? 나도 그런 거겠지...' 속으론 이렇게 생각하면서도,
혹시 내가 애인 없이 혼자 지낸 시간이 오래돼서
사랑과 우정을 구분 못하는 게 아닌가 싶기도 했습니다.
그러기를 몇 주째...
그날도 그 사람은 들뜬 목소리로 그녀 얘기를 꺼내는 겁니다.
"모레 여자친구 회사가 쉰대서, 우리 학교에 놀러 오고 싶어하더라구.
여자친구 오면 몰래 우리 수업 같이 들어도 괜찮을까?"
그 얘기를 듣고 난 뒤, 왜 그렇게 눈물이 나던지...
함께 수업을 듣는 저를 배려하지 않아서인지
아님 그가 그녀와 함께 있을 생각을 하니 질투가 나서인지는
잘 모르겠지만 그날 밤늦게까지 울다가 잠이 들었습니다.

다음 날, 겨우겨우 마음을 추스르고 학교에 갔는데
그가 이런 얘길 꺼내네요.

"어제 기분 별로인 것 같던데... 좀 괜찮아?
휴... 왜 내가 너한테 그런 말을 했는지 모르겠다.
그리고 왜 내가 니 허락을 받고, 니 마음이 불편할까봐
걱정했는지도 모르겠다... 그냥... 내가... 미안해."
"무슨 소리야~ 아냐, 난 괜찮아. 신경 쓰지 마~"
그때까지만 해도 그를 좋아하고 있다는 걸 인정하지 못했으니까
괜찮은 척할 수 있었죠.

그리고 몇 주 뒤, 모임에서 둘만 남았을 때였습니다.
"나... 여자친구랑 헤어졌어. 그러면서 생각했어.
나랑 제일 잘 맞는 건 너라고... 나... 니가 다른 남자랑 사귀는 거...
죽어도 보기 싫을 것 같아."

사실 지난 몇 년 동안 그가 누구를 사랑했고 사귀었는지 다 아는
저로선 그의 마음을 받아들이는 것이 쉽지 않았습니다.
하지만 어느 밤, 정동진 해돋이를 보러 가는 기차 안에서
그 사람이 다시 고백했을 때, 그의 눈빛에서 진심을 읽었습니다.
이제는 제가 그의 곁에 있고 싶어졌죠.
아직은 차갑던 5월의 어느 밤,
긴 세월 동안 둘 사이에 놓여 있던 '친구'라는
이름을 지우고, 우린 '연인'이 되었습니다.

 러브, ♥ 게임의 법칙

그 사람이 당신을 사랑하는 현재의 마음, 그 진심만 봐주세요. 아무리 먼 길을 돌고 돌아
당신 곁에 왔더라도 그 사람을 원망하지 않고 지난 시간을 덮어줄 수 있다면, 당신의 사
랑은 더 빛날 수 있습니다.

# 이제부턴 내 차례야

열일곱 살에 만나 8년이 넘는 시간 동안,
그 사람과 저는 많은 걸 함께했습니다.
처음 만났을 때부터 지금까지 제 소울메이트가 되어준 그 사람...
정말 바보같이 저만 알던 그런 사람이 있었습니다.

고교 시절을 같이 보내고, 같은 대학에 들어갔고
그의 군 제대를 기다렸고, 이제 몇 달 후면...
그 사람은 캐나다로 유학을 가기로 되어 있었죠.

그는 넉넉지 않은 형편 탓에, 작년부터 휴학하고
밤낮으로 아르바이트를 하며 힘들게 유학 비용을 모았습니다.
꿈을 이루기 위해 최선을 다하는 그 사람을 보면서
걱정도 됐지만 정말 자랑스러웠죠.
유학 가면 또다시 떨어져 지내야 했지만
우리 사이에, 기다리는 것쯤은 정말 아무것도 아니었습니다.

"걱정 말고 잘 준비해서 다녀와. 난 내 일 하면서 기다리고 있을 테니까!"

하지만 언젠가부터 그 사람이, 뭔가 숨기고 있는 듯한 느낌을 받았습니다.
항상 제 앞에서 웃는 모습만 보이려고 애쓰던 사람이었는데,
언제부턴가 힘든 표정만 지었고, 또 함께 있을 때
전화가 오면 받지 않는 일도 잦아졌습니다.
"전화 받지, 왜 그래? 왜 만날 안 받아, 무슨 전화길래? 응?"
제가 다그쳐 물어도, 그저 당황해할 뿐
그는 아무 말도 해주지 않았습니다.
하지만 굳이 말하지 않아도 알 것 같았습니다.
그에게 다른 사람이 생긴 것 같다는 예감이...
자꾸만 저를 불안하게 만들었으니까요.

8년이란 시간 동안, 서로 아주 사소한 것까지
다 공유하며 비밀이 없던 우리였기에 더욱 충격이었습니다.
결국 저는 모든 것을 받아들이기로 하고, 그 사람을 찾아갔죠.
"아무리 기다려도 먼저 말 안 해주니까, 내가 먼저 말할게.
새로 만나는 사람 있지? 그래... 그 사람하고 행복하게 잘 지내..."

긴 침묵 끝에, 그가 조심스레 입을 떼었습니다.
"미안하다. 너한테 진작 다 말했어야 했는데... 용서해줘..."
제 뺨에 흐르는 눈물을 닦아주며, 그는 계속 말을 이어갔습니다.
"네 앞에 더 멋지게 서고 싶다는 그 약속은, 못 지킬 것 같다."
"...?"
"유학... 못 갈 것 같아..."

그리고 그가 털어놓은 얘기는 전혀 예상 밖의 것이었습니다.
그가 1년 동안 유학 비용으로 마련한 돈은
아버지의 빚을 갚는 데 쓰게 되었고

그걸로도 한참 모자라 앞으로도 계속 휴학하면서
돈을 벌어야 한다는 것이었죠.
게다가 아버지 월급은 차압이 들어와
자신이 돈을 벌지 않으면 집안을 꾸려갈 수 없고,
그 때문에 최근 아버지가 대출받은 여러 곳에서
자신에게도 자주 전화를 걸어온다는 얘기를 털어놓았습니다.
"너한테... 힘든 모습 안 보이려고...
니 앞에서 전화도 못 받고, 아무 얘기도 못했어... 미안하다."

혼자서 그 큰일 감당해내느라 너무도 힘들었을 그 사람을 오해하며,
괜한 원망을 해왔던 제 자신이 너무 부끄러워서
하염없이 눈물이 흘렀습니다.
"우리... 아무리 힘들어도... 영원히 함께하자!
내가... 미안해..."

그 사람에게 말해주고 싶습니다.
제 앞에 멋지게 서겠다던 그 약속은 이미 지킨 것 같다고...
이제 우리에겐 영원히 함께하자는
약속만 남은 것 같다고 말입니다.

 러브, ♥ 게임의 법칙

우리는 때때로 섣부른 예감 때문에 소중한 것들을 보지 못할 때가 있습니다. 그 어리
석은 생각 때문에 정말 중요한 것을 놓치게 될 수도 있다는 것, 잊지 마세요.

　　　BGM La la means I love you(영화 〈패밀리맨〉 OST) - Delfonics

# 그게 당연한 건 아니잖아

제 신랑은 일요일이면 아침 일찍 일어나 볶음밥을 해놓고,
제가 주말 근무라도 하는 날이면 빨래며 청소까지 다 해놓는
세상에서 가장 다정한 남자입니다.
이렇듯 아내한테 뭐든 다 해주는 남자지만
반대로 저한테 뭔가를 해달라는 경우는 거의 없고
행여나 부탁할 일이 생기면 일단 미안하다는 말부터 먼저 합니다.
"정선아, 미안한데 휴지 좀 갖다 줄 수 있어~?"
"정선아, 미안한데 이것 좀 도와줘~"

뭐가 그렇게 미안한지...
처음엔 그런 신랑을 보며 참 배려심 많은 남자라고 생각했습니다.
하지만 날이 갈수록 왠지 서운한 마음이 들더라구요.
그래서 하루는 남편에게 속 시원히 얘길 했죠.
"다른 집 남편들은 마누라한테 자기 바로 옆에 있는
리모컨도 달라고 한다는데, 오빠 왜 혼자서 다 하려고 해...?"

"뭐 어려운 일도 아닌데, 당신까지 힘들게 해.
내가 할 수 있는 건 내가 하고 싶어~ 나 괜찮아."

착하게 얘기하는 그를 보면서 문득 제 행동을 돌아보게 되었습니다.
뭐든 스스로 하려는 그 사람 덕분에 제 몸은 항상 편했지만
사소한 일에도 늘 신랑을 찾았죠.
혼자서도 충분히 들 수 있는 빨래 바구니도 신랑한테 들어달라고 했고,
신랑이 물을 마실 땐 물을 갖다 달라고 하고.
전부 다 제가 할 수 있는 일인데도 항상...
"오빠~ 이것 좀! 오빠~ 저것도 좀 해줘" 하며 그를 찾았습니다.
'그래, 내가 신랑이 해주는 걸 너무 당연하게 생각했구나.
나도 그이처럼 알아서 챙겨주고, 그이를 편하게 해줘야겠다.'
이런 마음으로 저도 조금씩 변하기 시작했습니다.
아주 사소한 일도 당연한 듯 해달라고 말하는 대신
정중하게 부탁했고, 그러다 보니 신랑이 저를
도와주는 것에 대해서도 진심으로 고마운 마음이 들더라고요.

연애할 때는 작은 일에도 감동하고, 서로 예의를 지켰던 것 같은데
결혼하고 매일 부딪히며 살다 보니
'가족인데 뭐 어때?' 하는 생각이 점점 굳어졌던 것 같아요.
하지만 신랑이 저 대신 음식물 쓰레기를 버려주고
제가 그 사람에게 커피를 타주고
신랑이 저를 회사까지 데려다주는 그 모든 일들은
서로에 대한 배려이고 사랑이지, 결코 의무는 아니더라구요.

 러브, ♥ 게임의 법칙

가까운 사람일수록 작은 것에도 신경 써주고 고마워하는 그런 잔잔한 감정들을 놓치
지 말아야 합니다. 사랑하기 때문에 해주는 배려인데도 전혀 고마워하지 않고 당연하
다고 생각한다면 이내 상대방은 지쳐버릴 테니까요.

# 지은이